Letters from Mejiro

目白だより

SHIMOMIYA Tadao

下宮忠雄

文芸社

はしがき （prologue, Vorwort, avant-propos）

　私が学習院大学に勤務した1975年から2005年までの思い出を綴ったものです。学生の葉書大のレポート、ドイツからの学生の絵葉書、当時非常勤をしていた青山学院大学、津田塾大学、東海大学、東京家政大学の学生、私の留守宅への葉書、私の愛蔵書などが材料になっています。この文集は「グリム・メルヘン列車」が出発点になっていますので、そこからご覧ください（p.40-53）。プライバシー保護のため、学生の名前はT.S.のように略号になっています。

　ドイツ人はpünktlichか（列車は時間通りに来るかp.86）の論考がありますが、これに関して、私は苦い経験があります。2018年4月、Bonn中央駅でZürich行きヨーロッパ横断特急を待っていましたが、なかなか来ません。インフォメーションで尋ねると、もうとっくに行っちゃったよ。エッ、なんだって？　ホームの列車発着表には車両の停車位置が掲示してあるが、合理化のために、車両の数は激減し、停車位置も、掲示板のとは違ってしまいました。

　ボン中央駅は、もと西ドイツ首都の駅なのに、ホームがせまく、列車は、ひっきりなしに来ます。掲示も、しょっちゅう変わります。アナウンスはありますが、乗客の騒音で、聞き取れません。

　2018年4月、ZürichからHamburgに行く途中、汽車のスピードが、だんだん遅くなるので、どうも変だと思っていたら、終点まであと2時間というとき、Münsterで止まってしまいました。線路が満杯で、ニッチもサッチも行かないのです。それと、ドイツ国鉄の車両のきたなさには驚くばかりです。清掃する経費がないのです。日本の車両は、都内も、新幹線も、私が日ごろ利用している西武池袋線も、掃除が行き届いていて、快適です。　　　　　　下宮忠雄

赤ずきんとオオカミ（現代版、下宮）

赤ずきんちゃん、どこへ行くの？　　　　　Where are you going?

森に住んでいるおばあちゃんのところよ。　To my grandmother.

お土産は何を持っているの？　　　　　　　What do you have?

コーヒーとお菓子よ。　　　　　　　　　　Coffee and cookie.

おいしそうだね。ぼくはすっかり年取っちゃって、　Seems nice.

昔のように、人間は食べられないよ。　　　Now, I cannot eat humans.

かわいそうなオオカミさん、　　　　　　　Poor dear wolf,

三人で一緒に食べましょう。　　　　　　　then, let's eat together.

3

アンデルセンの切り絵（Andersen's paper cuttings） 1991

　学習院大学独文科2年　N.H.（月3、教養演習）

　アンデルセンが切り絵をしているのを知ったのは、小学生のころ、伝記を読んだときだったと思います。今日、アンデルセンの世界（1979, 学研映画）を見せていただいて、まさに、探していた切り絵、小学生のときに目にした覚えのある切り絵が次々に出て来て、本当に嬉しかったです。

　グリムのブレーメンの音楽隊の切り絵を作ってみました。

アンデルセンの街の魅力 （2001）

東海大学デンマーク語科3年　A.S.

　子供時代にアンデルセン童話を一つも聞かずに育った人は少ないだろう。アンデルセンの生まれ故郷オーデンセは、当時はコペンハーゲンに次ぐ、第二の都市であったが、いまはデンマーク第三規模の商業都市で、近代的な建物が多い。しかし、アンデルセンの生まれ育った地域だけは今でも古い街並みが保存されている。いま第二の都市は人口25万のオールフス（Århus）、コペンハーゲンに次ぐ産業都市である。語源は「川の口、河口」（aar-os）である。

イーヴァル・オーセン村（Ivar Aasen-tunet）2008

from John Ole Askedal

　ニーノシュク（新ノルウェー語）の創造者イーヴァル・オーセンの生まれ故郷に来ている。ノルウェーには書物語（bokmål, ブークモール）とニーノシュク（nynorsk, 新ノルウェー語）があり、両方とも文語で、公務員はどちらも駆使できなければならない。使用人口は17％だが、この言語で書く作家も多い。ニーノシュクはノルウェーの言語学者イーヴァル・オーセン Ivar Aasen（1813-1896）が故郷シュンメーレ Sunnmøre 州の言語をもとに新ノルウェー民衆語文法（Det norske Folkesprogs Grammatik, 1848）、ノルウェー民衆語辞典（Ordbog over det norske Folkesprog, 1850）を書き、ノルウェー言語学の基礎を築いた。語形はアイスランド語に近い。『ノルウェー地名辞典』（p.104）もこの言語で書かれている。

小学校読本の例：

bokmål	nynorsk

Først kommer nyttår 最初に新年が来る　Først kjem nyåret

　　［nytt-år 'new year'; nyåret 'new year-the' -et は後置定冠詞］

　　［Noreg ヌーレーグ = Norge ノルゲ「ノルウェー」］

家なき子（Sans famille）

　フランスの作家エクトル・マロー（Hector Malot, 1830-1907）の少年少女小説。フランス語の原題は「家族のない」の意味で、対になっている『家なき娘』（En famille）がある。

　フランスの小さなシャバノン村（Chavanon）で、レミ（Rémi）はお母さんと二人で暮らしていた。父はパリで働いていて、滅多に家に帰って来なかった。お金を人にことづてて送ってよこした。

　ある日、父が大けがをして、帰って来た。その夜、両親の会話から、自分が本当の子どもではなく、捨て子であることを知った。

　レミは父から旅芸人のビタリス（Vitalis）に売られ、イヌやサルと一緒に村や町で芸をしながら旅をした。ビタリスは老人だが、人生について、いろいろのことを教えてくれた。ある日、老人は警察につかまって、レミはイヌやサルを連れて芸を続けた。ローヌRhône河畔でハープを弾いていると、白鳥号という美しい船が通りかかり、レミは、この船の主人であるミリガン夫人（Mrs.Milligan）に救われ、一緒に旅を続けることになった。船には病気の少年アーサーが乗っていた。その後、このミリガン夫人こそレミの実の母で、アーサーは弟であることを知った。ミリガン家の親戚が、財産を奪おうと、レミを連れ去り、パリに捨てたのだ。レミは立派な衣装を着ていたので、いつか、大金を持参して、父が迎えに来ると信じて、その捨て子を拾って、シャバノンの村に連れて来たのだ。

　旅芸人をしながらレミを教育してくれたビタリスは、もとは有名なオペラ歌手だった。ロンドンの立派な屋敷に暮らすことになったレミは、ビタリスのお墓を作り、育ての母を引き取り（父は亡くなっていた）、実の母と弟と一緒に、しあわせに暮らした。

家なき娘（En famille）

　フランスの作家エクトル・マロー（Hector Malot, 1830-1907）の少女小説（1893）。菊池寛訳、文藝春秋社、1928（271頁）、巻頭に「天皇陛下、皇后陛下、天覧台覧の光栄を賜はる」とある。1984年、早稲田の古本屋五十嵐書店で購入した（100円）。

　主人公のペリーヌは6歳の明るく聡明な少女で、インドのダッカで写真師をしている父エドモン、母マリーとしあわせに暮らしていた。その父が亡くなる前に、故郷のフランスのマロクールで大きな製糸工場を経営しているエドモンの父ヴェルフランを訪ねるようにと言った。ヴェルフランは息子のエドモンが会社の仕事を継がず、インドで見知らぬ女マリーと結婚したことに腹を立てていた。そして、息子をたぶらかした女として、マリーを憎んでいた。

　父エドモンが亡くなり、母のマリーは13歳のペリーヌと一緒にパリに向かったが、長旅の疲れからパリに着くと、まもなく、亡くなった。「人を愛すれば、あなたも愛されるようになる」という母の最後の言葉を胸に、祖父の住むマロクール（パリ北方130キロ）に向かった。汽車賃がなかったので、大部分の距離は歩いた。

　マロクールの製糸工場では7000人の男女が働いていた。ペリーヌは最初、女工として働いていたが、フランス語と同じくらいに英語も話せることが分かり（父はフランス人、母はイギリス人だったから）、社長のヴェルフランは盲目になっていたが、ペリーヌを秘書として昇格させ、立派な屋敷に住むことになった。やがて、ペリーヌが息子エドモンの娘であることを知り、孫娘と暮らせることを喜んだ。ペリーヌは女工たちの住居を改善し、その子どもたちの託児所、幼稚園を作り、男子工、女工たちからも愛された。

イギリスの陶芸　学習院大学心理学科　K.A.（言語と文化、水3）

　イギリスは良質な陶土に恵まれたことに加え、勤勉な国民性により、スリップ・ウェア（クリーム状の泥漿で表面を装飾した器）、白色炻器、ボーン・チャイナ（骨灰を原料とする器）、あるいはウェッジウッドのジャスパー・ウェアなど、独自の様々な陶磁器を創造してきた。18世紀中頃より産業革命を達成し、陶磁器の大量生産に成功したことにより、以来、ヨーロッパ最大の陶磁生産国として、今日にその名をとどめている。

　《ウェッジウッド》イギリスの陶芸の父ウェッジウッド1世は、少年時代に天然痘にかかり、これがもとで両足切断という不幸を背負いながらも、勤勉と努力、そして時代を先取りする天賦の才覚によって陶芸における近代化を推し進め、それまで（17世紀中盤ごろ）農民の手工芸だった陶芸を庶民の食卓に送り込むなどして、莫大な富と名声を手中にした立身出世の人物であった。

イプセン（Henrik Ibsen, 1828-1906）『人形の家』（The Doll's House, 1879）で有名なノルウェーの劇作家。下の写真はイプセンが苦闘時代を過ごしたオスロ南部のグリムスタ（Grimstad）にあるイプセン博物館で、年来の友人であるオスロ大学教授のアスケダール氏（John Ole Askedal, 1942-）が1986年に送ってくれたものである。

　オスロの南にあるシーエン（Skien）の裕福な商人の息子として生まれたが、その後、家が没落したため、少年ヘンリクは14歳で自活せねばならなかった。この写真のグリムスタは、彼が薬剤師として6年間過ごしたところである。その後、ノルウェーの第二の都市であるベルゲンの劇場で、座付き作者として、演劇を学んだが、生活は苦しく、一家はイタリアに移住し、ここから、作品をオスロに送り、友人のビョルンソン（Bjørnstjerne Bjørnson, 1832-1910）を通して、出版してもらった。

　日本のイプセン研究家中村吉蔵（1877-1941）はイプセンに心酔するあまり、自らをヘンリク中村と称した。

イブと小さいクリスチーネ（Ib og lille Christine, Andersen）

学習院大学文学部心理学科1年　E.O.（言語と文化、木4）

　むかし、デンマークの西、ユトランド半島のシルケボーのいなか
に、イブとクリスチーネが住んでいた。二人はいつも一緒に遊んで
いた。二人は、村人から婚約者と呼ばれていた。イブは両親と畑を
耕して暮らしていた。クリスチーネは町に出て旅館で働いていた。
彼女は旅館の夫婦の一人息子に見初められた。彼女は、いまも自分
を思ってくれているイブを思うと、決心がつかない。イブは書い
た。「ぼくたちは、約束で結ばれているわけではない。きみのしあ
わせを祈っているよ。いつまでも、きみの友、イブより」

　クリスチーネは結婚し、娘も生まれ、しあわせに暮らしていた。
しかし、夫の両親が亡くなり、莫大な遺産を手に入れると、夫は毎
日のように宴会にあけくれ、アッという間に、財産を使い果たして
しまい、ある晩、お堀の中で、死体で見つかった。

　一方、いなかで、畑を耕していたイブは、畑の中から先史時代の
金の腕輪を発見した。村長に報告すると、コペンハーゲンの博物館
に届けなさい、と言われた。初めて王さまの都コペンハーゲンに来
て、600リグスダラー（600万円）の大金を受け取った。コペンハー
ゲンは広い。夕方、帰るために港への道を探していると、泣きじゃ
くっている女の子がいる。どうしたの、と聞くと、彼女は薄暗い部
屋に病気で寝ている母親のところへ連れて行った。みると、あの幼
いクリスチーネではないか。彼女は驚いて目を開くと、そのまま、
一言も言葉を発せず、亡くなった。娘も小さいクリスチーネという
名前だった。イブは、昔の恋人の娘を連れて故郷に帰り、暖かい木
造の小屋で、二人はしあわせに暮らした。

イルクーツク（Irkutsk）2002

津田塾大学英文科3年　R.A.（言語学概論、金5）

　今年の夏、ロシアのイルクーツクへ行ってきました。Irkutskは Irkut 川の町の意味です。Novosibirsk が「新しいシベリアの町」のように、-sk は英語の -sh（English）やドイツ語の -sch（Deutsch）にあたる形容詞語尾です。イルクーツクでは、ロシアで日本語を学んでいる学生たちが、いつも私たちの面倒を見てくれました。彼らはとてもよく日本語を話すのですが、一つだけとても面白い間違いをしました。その間違いについて報告したいと思います。その間違いというのは、普通なら「昔話」というところを「<u>はなしばなし</u>」と言っていたことです。よく聞いてみると、日本語で、よく、複数を表わすのに「人々」や「町々」という表現を応用したらしいのです。ロシア語には、例外なく複数形が存在しますが、日本語の「人々」のような表現（reduplication）は生産的ではありません。

　ロシアのおみやげは、図のような、マトリョーシカで、お人形が4つも右側の大きなお人形の中に順々に入っています。

岩波全書（岩波書店）とゲッシェン叢書（ベルリン）

　このシリーズで学んだのは、購入順で、比較言語学、ラテン語入門、ギリシア語入門、英語発達史、音声学、ドイツ語学概論、印欧語比較文法、であった。どれも頭の栄養になってくれた。

　これはドイツの Sammlung Göschen（ゲッシェン叢書）を模範にしたもので、小型だが、内容が深い。大きさは Göschen が日本の文庫本の大きさであるのに対し、岩波全書は、少し大きい。私が1965-67年、ボン大学で学んだとき、Göschen 叢書の Hans Krahe 著『ゲルマン言語学』（2巻）が必読書であった。Krahe の『印欧言語学』（最初1巻、のち2巻）、古いドイツ文学のテキスト、古代ノルド語入門（1963年、東京教育大学大学院で矢崎源九郎先生のゲルマン語学講義で、教科書として使った）、ロマンス言語学、スラヴ言語学、ラテン語の歴史、フィン・ウゴル言語学もあった。Wilhelm Brandenstein（1898-1967）の『ギリシア言語学』は3巻本だが、その第1巻（1954, 160pp.）はプラーグ学派の音韻論を採り入れた画期的なものである。Julius Pokorny（1887-1970）の『古代アイルランド語文法』（1925, 2.Aufl. 1969, 128pp.）は、ケルト語知識の乏しい私にとって貴重な本だ。F.O.Lindeman の『喉頭音理論入門』（1970, 115pp.）の著者はオスロ大学講師であった。

　Manfred Mayrhofer（ウィーン大学教授、1926-2011）の Sanskrit-Grammatik（1953, 89pp.）を私は『サンスクリット語文法－序説、文法、テキスト訳注、語彙』（文芸社 2020, 108pp.）として300部作成した。誤植、誤訳などを訂正し、日本語・サンスクリット語彙300語を加えて、第2版（118pp.）を準備である。原著の第2版1965, 110pp.）には英訳（1972, by Gordon B. Ford Jr.）がある。

ウェールズ（Wales）旅行記（2000）

津田塾大学英文科3年　M.F.（言語学概論、金5）

　2000年3月12日から3月14日まで、Carreg Cennen Castleという
お城を見たくてウェールズへ行って来ました。このお城の名前は岩
の（rock）積み重ね（layer）という意味です。Londonから電車で
行きました。ウェールズに入ると、駅名が英語とウェールズ語の2
言語併記でした。Newport→Casnewydd（カスネウィズ）casが港、
newyddが新しい、ddは英語のth［ð］の音です。Swansea（Swanは
白鳥ではなく、北欧人の名前Sveinスヴェインです）に宿をとり、
ローカル線でLlandeiloという無人駅へ。Llandeiloの発音はスラン
ダイロ。llan（スラン）は「教会」、Llanelli, Llangollen（シャンゴッ
シェンに聞こえた）などLlanで始まる地名が多い。さて、Llandeilo
駅からヒツジばかりのような所を2時間くらい歩くとCarreg Cennen
Castleに着きます。とても美しかったです。Swanseaのguesthouseの
ペアレントさんは日本の盆栽が好きだと言っていました。庭には
Walesの花daffodilが植えられていて、「ワーズワースにもdaffodilと
いう詩があるから読んでごらんなさい」と言っていました。語学学
校にもWales出身の先生がいて、3月1日のSt.David's Dayには胸に
daffodilのブローチをつけていました。私はWalesが大好きです。

英英辞典〔English dictionaries〕

購入順で、いまでも手元にあるものを3冊かかげる。

1. Chambers's Compact English Dictionary. Edited by A.M.Mac-Donald, B.A.〔Oxon.〕London, 1953. 5シリング（275円）当時1ポンドは1008円だった（2020年は136円）。760頁。語源、用例あり、とても使いやすく、書き込みがほとんど、どのページにもある。新語補充、用例補充、その他、使用時の出来事など。最初の13頁の欄外を記す。**abolished school**廃校、日本に6800あり、水族館となる。2018.10.2. **aby**=to atone（Ibsen, The Vikings at Helgeland）1984.4.30. **acoustic designing** 音響設計、コンサートホール、日比谷公会堂。豊田泰久、残響Nachhall, retentissemsent, lingering echo. **Adagio dance** 42. オリザ、遅咲きのアダジオ。**adaptation disorder** 適応障害、マサコさん、2004. …**address hopper**自室my roomを持たず、各地を転々する人、例：長崎に月8.2万円2019.2.27. **adjective definite**（形容詞定形、ロシア語dobrŭ-jĭ rabŭ 'the good slave', gen. do-bra-jego raba 'of the good slave'. **adversity**（Shak.の定義）Sweet are the uses of adversity, which like the toad, ugly and venomous, wears yet a precious jewel in his head 逆境の効用はおいしい。みにくい有毒なヒキガエルだが、その頭脳は宝石を蓄えている。**afforestation**植林祭 2019.6.2.（日）10:00愛知で新天皇・皇后を迎えて。**ə'gen** は American, 2011.6.13. Jones（1932）はə'gein. **Africa**は最後の成長大陸、2050年アフリカ25億人、巨大市場：2019/3/17 World Food Program. Aiko 愛子さま激やせ、18キロ減、拒食症。**Agnete and the Merman**（Andersen 1835）第10回全日本語りの祭り、in 新庄 2010.10.10…

2. The Pocket Oxford Dictionary of current English, compiled by F.G. Fowler（1870-1918）and H.W.Fowler（1858-1933）, fifth edition revised by E.McIntosh, etymologies revised by G.W.S. Friedrichsen.（2006）1047頁。P.O.D. と略す。2006年6月27日（火）町田のザ・古本にて200円。P.O.D. は青山学院大学非常勤時代（1978-2003）ほしいと思っていた。1990年ごろ、ハードカバー800円をよっぽど買おうと思ったが、思いとどまった。2006年版は厚さも半分だし、よい買い物だった。扉の書き込み employ ＜ implicare（involve）＜ plek；deploy ＜ displicare（scatter）軍を配備する＜ plek；（employ の反意語と思ったが）display ＜ displicare.　　p.874 に間違いあり tear^2 の発音は [tiə]. 2019.10.7.（月）動物公園駅「卒業日、一駅ごとに、友は去り」Graduation day, each friend leaves at each station. 長嶺千晶（1959-）。桜さん、ひとりにしてね、私を。鎌倉作弓（1953-）Dear cherry blossoms,（5）, beautiful flowers, in full,（7）, leave me alone, please.（5）

　同じ Fowler 兄弟の The Concise Oxford Dictionary（C.O.D.）は序文に次のように書いている。A dictionary-maker, unless he is a monster of omniscience（pan-epistēmē）, must deal with a great many matters of which he has no first hand knowledge（辞書を作る人は、全知識の巨人なら別だが、非常に多くの専門外の事柄をも扱わねばならない）。

　この辞書の欠点は見出し語の配列が語源に従っていることで、unction（聖油）が unawares,unbacked,unqueen,unveil,unwakened など、接頭辞 un- の後に来ている。これは Paul のドイツ語辞典もそうだが、とても困る。必要な見出し語にたどりつけない。

これも書き込みが非常に多い。最初の14頁までの欄外を記す。

Little Alois was **abed**. おさないアロアはまだベッドにいた（E. Farjeon）。**Abe Isamu** 安部勇（1920-2007）東工大教授。O.Henry 訳注。**Abenomics** 2013.1.30. 年収431万円なのに生活費が540万円もかかる。ローンや両親の介護もある。株価1万円、ドル83円、ユーロ110円。cf.Reaganomics 2012.12.20. 景気 business 330兆円（31％上昇）。**abuse of power** 職権乱用。Palin unlawfully abused power. 2008.10.19. **Abstufung**（ðəz'noubədi ðɛə）, légō, logos, Abtönung（vōc-s, voc-āre）. **abyss** 奈落に落ちる in den Abgrund stürzen, tomber dans l'abîme. **Academia Europaea** 1988 Cambridge UK, 2000名 including Th.Gamkrelidze 2013.8.11. So. **account** 12億円口座にあり（1人に10口座もある人もいる）。韓国はずっと少なく1.7億円。**Aceh**（Sumatra 西端）16世紀から400年王国として栄えた。**Adam's ale** is the best ale（水が最良の飲料）。**ad hominem** attacks 個人目当ての攻撃（Rousseau）2011. **ad nau-seam** うんざりするほど（Aun San Suu Kyi 2012.6.19. at London）**Adult's Day** 成人の日 2013.1.14. 月、122万人、大雪。**aesthetics**= schoonheidsleer（美学、オランダ語ではギリシア語でなく、本来語を用いる）。**affordable** 値段が手頃な（reasonable）, affordable housing 手頃な価格の家作り…。**after-shock** 余震 Nachbeben, secousses secondaires 三言語のうちではドイツ語が一番うまい…。**after you** おさきにどうぞ。**Age before beauty**. 美人より老人がさき…。**google** < googol（10の100乗）: Gotta go=I've got to go もう行かなきゃ。**goods**（製品）を作れば **bads**（公害）が生じる（都留重人ツル・シゲト、1912-2006, 一橋大学名誉教授）…etc.

3. The American Heritage College Dictionary. Fourth edition 2002, first ed. 1969, 50 + 1550pp. third ed. 1992, 2140 pp. fourth ed.（2002）本書. 1636pp. 2002年8月1日（木）5000円。研究費購入。新宿・紀伊國屋書店洋書部。

この辞書は本文（aからz）と付録Indo-European and the Indo- Europeans（by Calvert Watkins, 1933-2013）、Indo-European roots（本書318個）があり、この部分が貴重。使用頻度最多で、書き込み、図版切り貼りも多い。ここには図版切り貼りリスト（2017.6. 5.）を掲げる。

扉左：ケンペル日本図；p.3安部晋三statement, aggression; p.22アフガニスタン国立博物館展；p.28 airport国内線需要；p.53 Andersen；Andorra；p.56 アナと雪の女王（日本で評判になったが、アンデルセン原作に比べてはるかに落ちる）；p.59 Antarctica南極大陸；p.63青森港；p.66東北観光地；p.83アシモイ（明日萌）2011.1.7. 恵比島訪問；p.99淡谷のり子「別れのブルース」；p.101 Ayutaya 1991世界遺産；p.102 Babylon, Baghdad；p.110 Bandung会議；p126 Belgium言語地図；p.127 beer明治のビール史；p.135 Berwick-upon-Tweed；p.164 books流通；p.165 Bücherwurm本の虫；p.166 Bosnia大使の見た日本；Boppard（伊藤愛子）；p.170 Bourgogne家の領土；p.176 bread日本パン学会；p.188 budget 2011日本の国家予算；p.190 bullyingイジメ群馬小6自殺；p.219 care介護；p.229 Caucasus；p.237 Chad水域激減；p.240 champignon；p.246 Chernobyl；p.247 cheese消費量；p.248 cherry；p.251 China South Sea, children's books, China one belt one road（一帯一路）；p.255 Chomsky；p.299イギリスの建築家

Josiah Condor（1852-1920）Landscape Gardening in Japan の著書あり。東京大学本郷のキャンパスに像がある；p.309 Continental shelf Japan；p.315 Copenhagen 中央駅；p.322 Costa Concordia；p.348 currency 円の歴史；p.355 Cyprus；p.360 Darwin；p.363 Dawlish IC 125；p.365 debt 借金；p.378 Denisova 洞穴；p.379 Denmark 初の女性首相；p.387 Deutschland-Japan；p.390 Dhaulagiri；p.396 digitalization 国会図書館；p.418 Donauwörth；p.440 earthquake；p.446 Egypt；p.452 Eliseev；p.459 The Emperor's New Clothes；p.460 天皇のお言葉、生前退位；p.464 England Journey；p.465 Enkhuizen 船旅；p.481 EU 加盟国の外国人比率；p.485 Eurasia 大陸横断ツアー（西安からローマまで 61 days, 220万円、15か国43都市宿泊；p.485 Carl Ewald ヨシキリ物語、大町文衛訳、1942；p.521 financial crisis；Finland in Japan；p.525 fjord 旅行；p.532 flower with icicles；p.533 flowers waiting for spring；p.549 France and Germany；p.551 Frank 永井；Peter Frankl；p.559 Fukushima；p.561 藤沼貴；p.564 G8；p.566 Gagarin；p.567 Gakushuin 職名と英語；p.572 Garmisch-Partenkirchen から Zugspitze；p.573 gas pipe from Iraq to Vienna；p.577 ゲゲゲの女房；p.583 Germany の歴史；p.587 gingko at Ginza；ごちそうはヒキガエル；p.588 glacier in Greenland；p.592 グラバー園；p.595 Gogh；p.606 Greek crisis；p.607 Great Barrier Reef；p.609 Green House in Iceland；p.622 Hagi 松下村塾；p.624 箱根（Hakonesque 小田急中吊り広告1992 すきだよと言えずに、おいしいね、とつぶやきながら食べた懐石料理 No pudiendo decirle, 'te quiero', le dije 'gusta' en voz baja tomando el plato de fiesta con vino. 箱根戸外温泉図；p.629 Hanno 信用金庫；p.631

Harbin アジア号；p.633 Hashida 寿賀子；p.634 Hatoyama 内閣；p.643 Heidi 村；p.657 Hiroshima に G7 の 8 人；p.659 北斗七星；p.660 Holland 坂；p.670 Hotel Rothenburg；p.671 hotdog 絵本；p.675 Humboldt の冒険；p.679 hydrogeneration 水力発電；p.687 icecream の歴史；p.689 Iijima 愛；p.706 Indonesia 泥炭火災；p.734 Ise 伊勢志摩サミット；p.735 Ishikawa 啄木；Islam；IT Connect Asset 未来の 1 日；p.744 Japan Sea 物流ルート；p.745 Jilin 吉林アジア号；p.755 Kaneko 金子みすゞ；海沼武一；鴨長明；p.757 軽井沢；Donald Keene；p.758 Die Kelten；p.759 Kennedy Caroline；　気　仙　沼；p.765 Kirillova；p.769 Korea 韓流；小池百合子；河野六郎；小島慶子；p.733 Kuril Islands 占守島；桂文枝；p.777 ラミダス；p.787 Jetstar 格安便；p.789 leaf cookie；p.798 Libya；p.799 Liechtenstein；p.808 Liu Xiabo Nobel Prize in absentia；p.811 José Llompart 82 歳没 2016.4.24. お礼をさしあげる機会がありませんでした。申しわけありません。Llanarmon-yn-lal（Wales 人口 600 人の村、The Raven Inn がパブとして再生、郵便局ともなる 2011.1.16；p.815 medal ranking；p.828 真知子切手；p.837 Malala Yussafzai；p.839 Manchurian Incident；p.845 Märchen 街道 in 花巻；p.849 marriage 渡哲也、若尾文子共演；p.857 May Theresa；p.863 megacity；p.877 Michelin in Tokyo；p.892 Miyazawa Kenji；p.893 銀河鉄道；p.909 mottainai おいしそうなお菓子；p.915 村山首相談話；p.919 Myanmar ミャンマー；p.923 中江有里；p.935 Neuschwanstein；p.939 newspaper と私（朝、自宅でコーヒーを飲みながら 1 時間、ゆっくり新聞を読む。広報誌）；p.945 Nomonhan；p.947 non-regular vs. regular workers；p.949 North Korea 2 枚；p.951 Norway

大使館；山瀬理桜；North Pole Sea の石油・ガス；p.954 Nuclear plants；p.956 Nymphenburg；p.957 Obama profile；p.961 ocean energy；occupational period 1945.9. to 1952.4. 占領時代の出版物『日米会話手帳』32頁、300万部；p.966 Okinawa；丘灯至夫；大野晋；大橋節夫；沖縄鉄道；p.971 Olympic medals；p.955 大宅英子；おやつ；p.996 小谷部全一郎；p.997 Pacific War；p.1002 3 Palau；p.1006 papyrus；p.1012 朴正熙；p.1013 parks が nurseries 託児所に；p.1018 Passy Paul；p.1052 picture books；p.1056-57 pine 奇跡の一本松；p.1077 poisoned apples お前は日本から来たのかえ；p.1084 population worldwide；p.1085 Port Arthur 旅順；p.1087 Porto；postage stamps；p.1107 Prince Edward Island；p.1138 Qatar 大使の日本観；p.1150 railways in Japan；p.1154 rare earth；p.1209 Rothenburg；p.1216-17 Russia；p.1230 Sankt Peterburg to Beijing；p.1235 satsuma はオレンジの意味；p.1237 Sazaesan；p.1244 Scott；p.1245 Scotland；p.1262 Senkaku Islands 尖閣諸島；p.1263 サラリーマン川柳、久しぶりハローワークで同窓会；p.1268 雪舟；sesame sand cookie；p.1280 新幹線機関車；p.1287 Siberian Railways；p.1289 sievert 放射線量；p.1298 sketch 田園調布駅；p.1307 smart power diplomacy Hillary 外務大臣；p.1313 so…that の日本語訳ことほどさように；p.1317 solar energy；p.1324 South China Sea（Spratly Sea）；p.1327 Spain；p.1348 小保方晴子（30）STAP 細胞はあります；p.1390 Suu Kyi スーチーさんの外遊日程；p.1392 swans seeking food in Fukushima；p.1395 swine flu 新型インフルエンザ；p.1400 Syria；p.1403 竹島；p.1405 滝廉太郎；p.1409 G7 at Taormina；p.1412 立山黒部アルペン；p.1414 tea-picking 茶摘み；

p.1441 timeline ジュール・ヴェルヌ；p.1447東京駅；東京言語研究所；トルストイ読本；p.1448東京大空襲；p.1451東京駅；p.1455 tourists to Japan；洞爺湖サミット；p.1475 Trump Donald；p.1487 Uigur riot；Uglegorsk；p.1509 Urmia Lake；p.1519 vegetable juice；p.1534 Vladivostok クルーズ14日間15万円；p.1540-41若尾文子；p.1542 Arthur Waley から Donald Keene へ；p.1543 Wales；p.1548 Watami宅食1人週5日間2700円；p.1572 wiss.科学論文出版数；p.1587山瀬理桜；靖国神社；李香蘭；p.1591君の名は；有楽町で会いましょう（フランク永井1958）、泣かないで（マヒナ・スターズ1958）

　同義語、語法のコラムを設け、巻末に印欧祖語の文法（grammar, graph-, gram- 書く）、文化（culture, 畑を耕すこと、頭を耕すこと）、人間と社会（soc-iety, soc-ietās 原義はともにあること）、経済（economy, oiko-nomía家を管理すること）を述べる。男（*wīro-, virtue男らしさ）も女（*gwen-, queen）も牛（*gwou-, cow）や馬（*ekwo-, Phil-ip, 馬を愛する人）を飼い、田畑（*agro-, acre）を耕し、穀物（*grəno-, corn）を食べ（*ed-, eat）、水（*wed-, water）を飲み（*pō-, potable）、家（*dem-, timber）に住み、暮らして（*gwei-, quick, vivid, vital）きた。
語根例：pəter- 'father', ラ pater, ギ patēr, エ father
māter- 'mother', ラ māter, ギ mētēr, エ mother
bher- 'carry, bear children, ラ ferō 'carry', エ born 生まれた
ped- 'foot', ラ ped- 'foot', ギ pod- 'foot', エ foot, pedestrian
ed- 'eat', ラ edō 'eat', ギ es-thíō 'eat', エ eat, edible

英語の歴史 (2001)

津田塾大学英文科2年　M.K.（言語学概論、金5）

　今日の英語の源泉となったものは、北部ヨーロッパからやって来て、紀元5世紀にブリテン島に侵入した部族たち、アングル人（Angles）、サクソン人（Saxons）、ジュート人（Jutes）が話していたゲルマン語派の言語であった。英語の基本的な単語の多くが、3部族全体を指すEnglisc（発音はEnglish）から来ている。mann (man)、wīf (wife)、cild (child)、hūs (house)、mete (meat)、etan (eat)、drincan (drink)、feohtan (fight) などである。また、古代英語の文と現代英語の文での違いは、語順の違いである。たとえばfērda he (he traveled) のように、動詞＋主語である場合もあるし、hē hine geseah (he saw him) のように目的語が動詞の前に来たり、him man ne sealde (no one gave [anything] to him) のように目的語が文頭に来ることもあった。

→ 裏も見て下さい

裏に印欧祖語の系統樹がある。

絵のない絵本（アンデルセン）1998

　文学部日本語日本文学科1年　N.K.（言語と文化、木4）

　一人の貧しい絵描きが、ある晩、窓の外を見ていますと、お月さまが、空から、私に語りかけました。「私がお話することを絵に描いてごらん。毎晩来てあげるからね。」お月さまは、世界中、旅をしていますから、コペンハーゲンの裏町のこと、インドのこと、北極のこと、たくさん、お話を知っています。

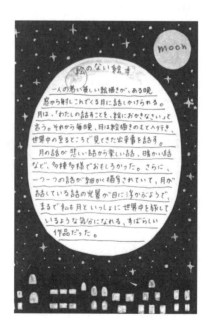

オーフス（Århus）便り（1997）

東海大学デンマーク語科卒　K.K.

　私はオーフスに来て3週間が過ぎました。最初、オーフスに来たときは、これがコペンハーゲンに次ぐ第二の都市かと思うと、少し驚きましたが、滞在してみると、とても生活しやすいです。オーフス大学で午前中にデンマーク語を学び、午後はデンマークの文化や政治についての講義を受け、課外活動として、美術館や博物館を見学し、毎日がとても充実しています。しかし、デンマーク語の授業以外はすべて英語で生活しているので、デンマーク語が上達するか、少し不安です。

　この間、オーフスより少し北にあるViborgに行ったら、デンマーク語が通じず、大変でしたが、よい経験になりました。今度またデンマークに来るときには、都会でなく、ちいさな町に滞在してデンマーク語を学ぼうと思います。あと少しの滞在となりましたが、たくさんのことを吸収して帰国しようと思います。

　（写真は古い町オーフスÅrhus, den gamle by）

[Kさんは、いつも一番前の席にすわり、ひとことも発言しなかった。Århusを私はオールフスと書いているが、母音の次のrは発音しないのでオーフスのほうが正しい。år-os「川の口、河口」の意味だが、なぜかhが入った。アンデルセンの時代にはOdenseが第二の都市だった]

オスロ便り（1993）　東海大学卒　A.K.

　私はいまOsloに来ています。とても寒くて、半そでのままで外に出たら、こごえそうなくらいでした。昨日まで、日本で暑い、暑いと言っていたのが、うそのようです。

　オスロの人はとても親切だし、食べ物はおいしいし、日本に帰るのが、いやになってしまいました。もっと早く、学部のうちに来ればよかったと後悔しています。

　ではVi sees i Japan. Vennlig hilsen fra Norge. A.K.

オスロ便り（2008）　from John Ole Askedal

　これはオスロ郊外のリーセビュー（Lysebu, 光りの村）です。私はいま歴史言語学（historical linguistics）のセミナーに参加しています。

　アスケダール氏は33歳でオスロ大学ゲルマン語教授になった。

LYSEBU

オランダ（Koninkrijk der Nederlanden, 2001）

学習院大学独文科3年　A.M.

オランダは人口1,500万人、面積41,526平方キロで、国土のほぼ全域が海抜100メートル以下という水の国である。風車は、この国の風物になっているが、この風車によって排水をし、国土の25パーセントを干拓地に築いた。人口の60％の人々は、海抜ゼロメートル以下のところで生活をし、防波設備がないと、国の45％は水没してしまうというから、「地球は神が作ったが、オランダはオランダ人が作った」と言われるのも、うなずける。

風車は、排水のほかにも、粉をひくエネルギー源でもあり、戦時中はシグナル（合図）としても使われた。

言語的には、印欧語族の西ゲルマン語派で、オランダ語を用いる。英語とドイツ語の中間のような言語で、gaan（ハーン, 行く）のgは摩擦音、huis（ハイス, house）など、英語やドイツ語にない音がある。名詞の格変化は消滅し、複数は-enか-sである。オランダ語から日本語に入ったものにorgel（オルゴール）、doek（ズック）、zondag（ゾンダハ、日曜日）から来た「半ドン」がある。土曜日のことを半ドン（半分日曜日）と言った。

地名を6つほど掲げる。1.　Amsterdam オランダの首都。2.　Kinderdijk この風車のある風景は世界遺産。3.　Zaanse schans には5基の風車が美しく並ぶ。Zaan は川の名。4.　Keukenhof 有名なチューリップ公園。5.　Gouda ゴーダチーズ発祥の地。Gouda はハウダと発音。6.　Europoort （ユーロポート）船舶運行の量が世界一の港。長崎は「日本への玄関」として知られ、オランダ村ハウス・テン・ボス（Huis ten bosch 'Haus zum Wald'）がある。

オランダ民話「婦人の砂浜」（＝グリム Der Frauensand）

　オランダのエンクハイゼン（Enkhuizen）に伝わる民話である。この町はスターフォレン（Stavoren）、現地の発音でスターフェレン（Staveren）と呼ばれ、17世紀にはフリースランド地方の首都で、漁港として栄えていたが、いまは人口900の、さびれた町になってしまった。この町に、その名も、今は残らない裕福な未亡人が住んでいた。彼女の家は宮殿のようだった。

　彼女は、自分の持ち物である船の船長に高価な品物を買って来るよう命じた。アフリカから象牙のような貴重品を期待していたのである。ところが、船長は小麦を船一杯に積んで帰って来た。「小麦が、なぜ宝物なのです！」「畑に黄金色に輝くムギの穂、こんな美しいものが、ほかにあるでしょうか。」「どこにもある、そんなくだらないものは、海に捨ててしまいなさい！」

　ひとりの老人が言った。「あなたは、きっと後悔しますよ。神さまの罰があたって、貧乏になりますよ。」

　「フン、老いぼれめ、ご覧、この指輪を海に投げ込むから。もし海が投げ返してきたら、貧乏になるかもしれない。」

　予言はあたった。彼女が買った魚の中に指輪があったのだ。それに続いて、彼女の所有していた船が、宝物を載せたまま、みな沈没してしまった。彼女は住居も装飾品も全部売って、パンを得ねばならなかった。そして、ついに、乞食になって死んでしまった。

　グリムの『ドイツ伝説』Der Frauensand（Nr.240）は、同じ民話だが、もっと衝動的に描いている。私は1987年8月27日、日帰りで、この町を訪れた。アムステルダムから汽車で1時間、エンクハイゼン Enkhuizen から船で1時間20分のところにある。

オランダ旅行（Travelling in the Netherlands, 2003）

東京家政大学（言語学概論、金1）N.S.

オランダを旅して来ました。色とりどりのチューリップが絨毯を一面に敷き詰めたように広がり、風車が力強い姿を見せ、街には赤レンガの家々が立ち並ぶ。これがオランダの風景でした。

名称：オランダ語Nederland；英語The Netherlands；フランス語les Pays-Bas. いずれも「低い土地」という意味。干拓によって作られた海面下の土地が全土の4分の1を占めているということが名前の由来。

首都：アムステルダム Amsterdam

公用語：オランダ語（ゲルマン語族に属する）ただし、国民の6割以上が英語を話せる。オランダでは、どこへ行っても英語、ドイツ語、フランス語が通じる。

オランダ語会話：おはようございます。Goede morgen.〔フーデ　モルヘン〕

ありがとう。Dank U.（ダンキュ）

さようなら。Tot ziens.（会うまで、トット・ジーンス）

貝殻（三浦綾子作）

2019年9月28日（土）旭川局ラジオ深夜便で聞いたので、表記の作品を紹介する。北海道の北見枝幸が舞台である。

私は縁があって18歳のとき、札幌の名家の一人息子と結婚した。彼は学歴、容姿、仕事のすべてにおいて、非の打ちどころがなかった。1年後、夫に子どもができたことを夫の両親から知らされた。夫は言った。この家から出て行くことだけは、やめてくれよ。ある日、その女が、大きなおなかをかかえて、あらわれた。飲み屋の女らしく、年齢は夫より数年ふけているように見えた。いまさら、実家には帰れない。私は自殺するつもりで、クスリを手に入れて、汽車に乗って、ただひたすら北に向かった。北見枝幸行きの車内は人が少なかった。すると、20歳とも30歳とも見える男の人が話しかけた。おばちゃん、おこられたの？　ううん、ちがうの、おばちゃん、これから死のうと思っているの。しかし相手は私の言っていることが分からなかったようだった。私は終点の北見枝幸駅で降りて、駅前の旅館に宿をとった。

その夜はクスリを飲むつもりだったが、何もしないうちに二、三時間眠ったときに、カーンコーンという音で目を覚ました。昨日の男が薪を割っていたのだ。お茶を飲みなさい、と旅館のおかみが彼に言った。男はヤッさんといって、二、三日働いて、お駄賃に1円紙幣を渡すと、紙のゼニはいらん、と言うので、穴のあいた10銭玉を10個渡すと、そんなにいらん、と言って、三つ受け取ると、ひもに通して、去って行った。よそに行くと、白いオマンマ食べられないよ、とおかみさんが彼に言った。おかみさんによると、ヤッさんは知恵遅れで、いつもあのようにして、仕事の代金として、宿

と食事を得て生活しているのだ。

　私は自殺を思いとどまって、東京に出た。そして、7歳の娘のいる小学校教師と再婚した。戦争も終わり、生活が落ち着いたとき、10年ぶりに私は思い出の北見枝幸に向かった。そして、あの旅館に宿をとった。おかみさんは、次のように語ってくれた。ヤッさんは死んだのよ。1941年、ここにも兵隊がやってきて、正休不明のヤッさんを練兵隊長のところへ連れて行った。隊長も兵隊も知恵遅れを小突きまわし、恐怖におびえたヤッさんは、雪の中に倒れて死んでしまった。北大の話では、あの種の人間が、どのように生きて行くのか、見本としても貴重な存在だったそうだ。(cf.p.62)

鹿児島だより（1996）

　言語学概論（金5）津田塾大学英文科2年　A.K.

　母の故郷で耳にしたことば。母の実家は鹿児島です。やはり気候が温暖なせいか、東京よりも高齢者が多いようです。私の曾祖母も、今年で94歳になります。外へ出るのが大好きなようで、毎日夕方になると車椅子で散歩に出かけます。そんな彼女に、祖母が「ばあちゃんは、**ばばおなご**、だもんねえ」とよく話しかけました。「ばばおなご」というのは漢字で書くと「馬場女子」だそうです。意味は「馬場へ出るのが好きな女」つまり、馬場とは、むかし、馬を歩かせていた、いまの道路のことで、「外出の好きな女の人」とのことでした。日常生活の中で使われていた言葉が組み合わさって、おもしろい語ができるのだなぁと感心しました。

　　（裏面にかすり模様が入っていました）

カタツムリとバラの茂み（The Snail and the Rose Tree）

言語と文化（1998，木4）学習院大学史学科1年　T.H.

　カタツムリとバラが会話していました。カタツムリは身体の中に自分のお家を持っていました。そして言いました。「そのうちに大きなことをやってみせるよ。」すると、バラが言いました。「わたくしは春になると、花を咲かせて、たくさんの人を楽しませるし、恋人にバラの花を捧げることもできるのよ。カタツムリさん、あなたは人間に何を提供できるの？」カタツムリは子孫を残しましたが、何もしませんでした。バラは、毎年、新しい花を咲かせて、人々を楽しませました。下のカットはアンデルセンの切り絵で、上の作品が書かれていた葉書です。コウノトリと踊り子です。

カフェ・デイジー（Café Daisy）1999

津田塾大学英文科3年　A.A.（言語学概論、金5）

　12月24日（木）、クリスマスイブの日に、友人から、以前から「行こうよ！」と誘われていた六本木のCafé Daisyに行ってきました。ひっそりとした所にある、こじんまりした喫茶店でした。今日のメニューは、ビーフシチューで800円、サラダ、デザート（クッキー数枚）つきでした。星の王子さまの絵葉書を買いました。

Le Petit Prince

J'aime bien les couchers de soleil. Allons voir un coucher de soleil…

J'aime bien les couchers de soleil. Allons voir un coucher de soleil… ぼくは日没が好きなんだ。日が沈むところを見に行こうよ…

かりそめの高級ホテル（one-week life in a high class hotel）

　マダム鈴木はニューヨークのマンハッタンにある高級ホテル・ロータスで朝食をとっていた。年齢は30代だろう。衣装はベルサイユ宮殿の客のような優美なものだった。彼女は1週間の滞在を予約していた。世界中を自由に飛び回っているのだ、と従業員たちは、ささやきあった。彼女はホテルから外へは、めったに出なかった。きっと、ホテルの雰囲気を楽しんでいるのだろう。

　マダム鈴木がホテルに来て3日目に、ひとりの青年が現われた。端正な顔立ちと服装をしていた。30歳ぐらいだろうか。フロントに三、四日滞在するからと言って、ヨーロッパ行きの汽船の出航日を尋ねた。名前はミスター山田と名乗った。翌日、ディナーのあとマダム鈴木は廊下でハンカチを落とした。ミスター山田は近づきを求めるようなそぶりは見せずに、拾い上げて、相手に返した。

　翌日、レストランで、再び顔を合わせた二人は会話を始めた。

　「ありきたりの避暑地はうんざりですわ」とマダムが口を切った。「私は、ここで、あと三日、快い安息を楽しむつもりです。」

　青年はそれに答えて言った。「今年はバーデン・バーデンやカンヌも、すっかりさびれているようですね。」

　ホテルでの二人のおつきあいは、ここで終わった。

　1週間後、二人は偶然、マンハッタンの、ごみごみした通りで出会った。彼女は百貨店の靴下売り場で働き、1年に一度、高級ホテルで贅沢をしているのだった。彼も、洗濯屋で働き、1年分の汗を流すために、高級ホテルで1週間の贅沢をしていたのだ。

　オー・ヘンリー傑作選の中の「桃源郷の短期滞在客」Transients in Arcadia をすこし変えた。Arcadia はギリシアの理想郷。

キョウリュウとコウリュウ（恐竜と交流, 2002）

学習院大学文学部日本語日本文学科3年　C.K.

　2002年7月15日から8月2日までの3週間、韓国の大邱（テグ）にある啓明大学の日本語科の学生たちが学習院大学へ語学研修にやってきました。私は学生ボランティアとして、そのプログラムに参加していました。ある日の授業のこと。「日韓のこれからの関係」というテーマでグループごとにディスカッションが行われました。私のグループの朴（ぼく）さんが、「韓日のキョウリュウは、これからますます発展していくと思います」と意見を述べてくれました。ところで、「キョウリュウ」って一体何？「恐竜」と変換してしまった私ですが、よくよく聞いてみると、何と「交流」のことでした。韓国語では「キョウリュウ」と言うそうです。似ているようで、微妙に違う日本語と韓国語。誤解も解けて、大爆笑の末、私たちのキョウリュウ（交流）も深まりました。

　『朝鮮語四週間』（大学書林）という本があるのだから、あえて韓国語と言わなくてもよさそうなものだが。『世界言語概説』（下巻、研究社、1955、第10刷1981）の中でも「朝鮮語」（河野六郎）となっている。イギリス語ではなく、英語というでしょ。必要ならば、アメリカの英語でなく、アメリカン・イングリッシュという。

　北朝鮮のLee（リー）は南朝鮮では（イー）となる。l（エル）の音が消えるのは、ポルトガル語も同じ。the book は o livro（スペイン語 el libro）、the house は a casa（スペイン語 la casa）。

　ドーナツは韓国でもドーナツだが、北朝鮮では指輪パンという（2013年）。

クタイシ（Kutaisi, グルジア）からの便り（1987）

　クタイシ大学教育学部のドイツクラブを訪れていただき、ありがとうございました。ご本（グルジア語の類型論、1978）をありがとうございました。ドイツクラブを代表して Angelo Berodse

［1987年10月19日から29日まで、グルジア詩人イリヤ・チャフチャワゼ（Ilia Chavchavadze, 1837-1907）生誕150周年祭が開催され、ソ連作家同盟（Soviet Writers' Union, Sojuz sovjetskix pisatelej）の招待で日本人5名を含む27か国からの50名がグルジア共和国の首都トビリシを訪れた。この訪問記は『学習院大学言語共同研究所紀要』6, 1987に掲載され、『ヨーロッパの言語と文化』（近代文藝社1993）に収録された。チャフチャワゼは、日本の森鷗外のような人物で、西欧の文明をグルジアに伝えた。期間中に2つのエクスカーションがあり、私は、グルジア第二の都市クタイシを選んだ。Kutaisi は石の町（kta 'stone'）の意味で、Samar-kand や Tash-kent と同じ意味である。samar はイラン語、tash はトルコ語である］

グライフスヴァルト便り（Greifswald）2007

from John Ole Askedal

　グライフスヴァルトは大学都市でハンザ都市です。いま学生のド
クトル審査（doktordisputas）に呼ばれ、客員講義（gjesteforele-
sning）をしています。

Universitäts- und Hansestadt Greifswald

［Greifswald大学；バルト海岸Rostock県にある］

グリム兄弟（Brüder Grimm, Brothers Grimm）

　グリム兄弟というと、長男のヤーコプ（Jacob, 言語学）、弟の
ヴィルヘルム（Wilhelm, 童話）が有名だが、本当は6人兄弟で、末
のルートヴィッヒ（Ludwig）はカッセル Cassel のアカデミー教授
で、グリム兄弟の童話の挿絵を描いた。挿絵入りで『子供と家庭の
ための童話』（Kinder- und Hausmärchen = KHM）が好評になった。
ヤーコプとヴィルヘルムは、ともにベルリン大学教授で、死ぬまで
同じ家に住み、仲よく研究と著作に励んだ。ヴィルヘルムは結婚
し、その息子ヘルマン Hermann はベルリン大学美学史教授になっ
た。
（写真の右に立っているのが兄ヤーコプ、弟ヴィルヘルムは座って
いる）

グリム・メルヘン列車（Der Märchenzug nach Grimm）

　これは1990年度の独語学特別演習（土2時限）を履修している学生21名の作品を集めたものです。作品は1頁に2作品が載るように、手を入れてあります。メルヘン列車は午前11時30分に教室を発車し、13時00分には教室に帰れるようになっています。

　　時刻表（Fahrplan）：教室発　　　ab Klassenzimmer 11:30
　　　　　　　　　　　　　グリム園着 an Grimm-Garten 12:00
　　　　　　　　　　　　　グリム園発 ab Grimm-Garten 12:30
　　　　　　　　　　　　　教室着　　　an Klassenzimmer 13:00

　当時、目白駅の引き込み線（車両庫）に客車が一両眠っていて、昼間、レストランになっていましたが、二、三年後になくなってしまいました。早稲田大学の学生がアルバイトに来ていました。23名の昼食代はドリンクを入れて31,950円（一人1,300円）です。

　さて、このメルヘン列車は24席の特別車（Sonderwagen）で、1990年12月15日（土）11時30分に教室を発車します。23泊（Über-nachtungen）24日の旅ですが、1日が3分間に圧縮されていて13時00分に教室に帰れるようになっています。乗客は独文4年生特別演習（土2時限）に参加の23名です。ガイドのかとう・かずこさん（p.53）は学習院大学独文科卒のエッセイストです。

　宿泊地は白雪姫の7人のこびとの家、いばら姫のお城、赤ずきんちゃんの森、星の銀貨の降ってきた森、など、みなグリムにゆかりの（verbunden mit）場所です。宿泊地ごとに1人3分の作品発表を鑑賞しましょう。自由時間には村や町を探検して結構です。こびと、ヤギ、オオカミとお話できる脳味噌転換機（Gehirnautomat）もご利用ください。では発車オーライ。

87-035-008　Y.I.「続・白雪姫」（Fortsetzung）

　むかし、あるお城で、玉のように美しい白雪姫が生まれました。彼女は、物語にあるように、まま母のお妃さまの策略で、あわや、狩人に殺されるところでした。狩人の同情で、彼女は、一度は命拾いをして、7人のやさしいこびとと一緒に暮らしていました。まま母は、白雪姫がまだ生きていることを知り、物売りのおばあさんにばけて、毒リンゴを食べさせようと森へ出かけました。ところが、森に着いたとき、彼女が見たのは、すでに息絶えた白雪姫と7人のこびとでした。彼らは、こびとのひとりが山から持ち帰ったトリカブトを、それとは知らずに、料理して食べてしまったのです。山で草をとるときには、十分に気をつけましょう。

87-035-011　M.I.「神さまが守ったお城」

　神さまは、まだ人々が森の中のお城に住んでいる時代から、現代のことを見通していました。そして、いつか、こんなに美しいお城もなくなり、近代的なビルが建ち並び、人々の心もすさんでしまうのではないかと、心配でたまりません。ちょうど、そのころ、神さまは、イバラ姫誕生のニュースを聞いたのです。神さまは、お城に忍び込み、13枚の金のお皿のうち1枚を抜き取っておきました。あとは、筋書き通りです。美しいお城は、深い眠りに落ちました。

　現代のある日、経営学を学んだ青年が、神さまのお告げで「お城に眠るイバラ姫」を救い出し、彼女と結婚しました。そして夫婦でそのお城を古城ホテルに改造し、世界中から観光客を呼びました。神さまは、その様子を見て、ホッと胸をなでおろしました。ドイツにある古城ホテルは現代の人々の心をなぐさめ続けています。

87-035-017　Y.K.「彼女の鏡」（Ihr Spiegel）

　世界中から取り寄せた超高級ブランド品の数々を身にまとい、王妃は鏡の前に立ちました。「鏡よ、鏡よ、国中で一番美しいのはだれ？」すると鏡は答えました。「ここでは王妃さまでございます。しかし、白雪姫は、あなたの千倍も美しい。」この鏡が145回そう答えたとき、王妃の怒りはついに爆発し、鏡をこなごなにたたきつけました。公務で多忙な王さまは、どんなに着飾っても振り向いてもらえない王妃にとって、鏡は唯一自分を認めてくれる相手だったのです。すると、そのとき、王妃の肩に手をのせて、猟師のハンスが言いました。「あなたさまは、だれよりも美しい方です。それは私が一番よく存じております。」その言葉を聞いて、王妃は泣き崩れました。王妃はお城を出て、ハンスと末永く暮らしました。

87-035-020　M.K.「幸せ者」（帰郷のため欠席）

　あるところに住む家のない、独り者の当太郎という変わり者がいました。ある日、この街に「迷宮・エルドラド」という1か月だけの催し物がやって来ました。丘一つ分の広大な敷地に、この期間中、この迷宮を切り抜ける者は嫁つき1戸建てをもらえるというのです。この催しは10年前から、毎年開かれていましたが、だれも成功した人がいなかったのです。当太郎は、ある日、ちょくちょく立ち寄る茶店のおばあさんからヒントをもらいました。

　空腹で倒れそうになったとき、目の前を見ると、パンパンと花火があがりました。会長さんが、おめでとう、と言って、大きな花束と、お嫁さんと、居住許可書をくれました。当太郎は、それからは、まじめに働き、二人で幸せに暮らしました。

87-035-022　A.H.「雪の紙幣」（星の銀貨 Sterntaler より）

　貧しい少女が、たった一人で暮らしていました。衣服も家具も、みな売り払い、神さまを頼って、外に出ました。途中でおなかをすかした子供に出会うと、たった一つ持っていたパンを与えてしまいました。次にあらわれた子には、自分の上着を与え、次にあらわれた子には帽子を与え、もう何もありません。雪が降ってきました。悲しみにくれて空を見上げると、1枚の紙がヒラヒラと舞い降りて来ました。見ると、馬券でした。気がつくと、そこは競馬場だったのです。その券は、大当たりの馬券でした。彼女は換金して、一気にお金持ちになりました。めでたし、めでたし。

87-035-025　Y.K.「サーカス娘―白雪姫現代版」

　裕福な医者がいました。美しい妻と愛らしい娘と三人で幸せな日々を送っていました。ところが、その妻が原因不明の病気にかかり、亡くなってしまいました。医者は、しばらくの間、妻のことが忘れられなかったのですが、娘がまだ小さいこともあって、新しい妻を迎えることにしました。今度の妻は教育熱心で厳しい人でした。娘は幼いときからサーカスに入り、スターになることを夢見ていたのです。何事も自由にさせてくれた前の母親と違って、今度の母親は断固として許してくれません。しかし、あまりにも熱心に、せがむものですから、どうせ長続きはしないだろうと、お手伝いを監視につけて、様子を見ることにしました。すると、サーカスの団員が一人、急病で亡くなったので、代わりを探していたのです。彼女はスカウトされました。たちまちに腕をあげ、まもなく、サーカスのスターになって、夢を果たすことができました。

87-035-030　M.S.「ぜいたく」（Der Luxus）

　むかし、裕福で立派な親のある少女がいました。彼女が住んでいる街は、とても貧しく、飢えで苦しんでいる人が大勢いたのです。しかし、彼女は、そんなことには無関心で、ぜいたくに暮らしていました。ある日、彼女が街を歩いていると、男の人が、「あなたのクッキーはおいしそう」と言いました。少女は「こんなものあげるわ」。次に女の人がやってきて、「あなたのコートは暖かそうね」と言うので、それも与えてしまいました。彼女は、次から次に、持ち物を与え、すっからかんになってしまいました。すると、そのとき空から星が降るように、銀貨が落ちてきました。が、彼女は、お金持ちだから、と見向きもしませんでした。神さまは、彼女が貧しい少女だと、かん違いして、銀貨を降らせたのかもしれませんね。世の中は、こんなものなのでしょうか。

87-035-032　M.S.「物騒な世の中の赤ずきん」

　「赤ずきん、おばあさんのところにクッキーとウイスキーを持って行きましょう。宮崎勤（猟奇魔）の事件があったばかりだから、タクシーで行きましょう。」おばあさんの家は埼玉県の森の中にありました。森は酸性雨（sauer Regen）のために半分が枯れてしまい、宅地開発が進み、地価が何倍にも値上がりしていました。昔のオオカミも、いまは、過保護になり、人間など食べたくありません。狩猟禁止区域が広くなり、悪徳商法のやつが、躍起になって、おばあさんをだまそうとしましたが、ついに成功せず、お縄になってしまいました。おばあさん、一緒に住みましょうよ、と娘が言いましたが、思い出の多い家を去ろうとはしませんでした。

87-035-037　K.T.「23世紀の赤ずきんちゃん」

　山のふもとに住む赤ずきんは、おばあさんの家にクッキーを持って行くことになりました。おばあさんの家は山の向こう側にあり、バスで30分かかります。バスに乗ると、突然エンストを起こしてしまいました。別のバスが来るまで、近くを散歩していると、宇宙人に出会いました。おばあさんに持って行くケーキを食べていると、人間はなぜそんなものを食べるの、と宇宙人に尋ねられました。ぼくら宇宙人はこの赤いドリンクで十分なんだ、と言いました。赤ずきんは、宇宙人に、何をしているときが一番楽しいかを尋ねると、ファミコンをしているときだよ、と答えました。あ、いけない、おばあさんのところへ行くんだった。宇宙人が送って行ってやるよと言うと、赤ずきんはおばあさんの家の前にいました。

87-035-038　M.T.「月明かり姫と3人の宇宙飛行士」

　月の光のように情緒豊かな、澄み切った、やさしい心をもった少女がいました。少女は月明かり姫（Mondscheinwittchen）と呼ばれていました。彼女は、二人目のお母さんのために、寝ている間に、ロケットに乗せられて、打ち上げられてしまいました。宇宙（der Kosmos）で目覚めた彼女がウロウロさまよっていると、ソユーズ号に乗った3人の飛行士（die Astronauten）が親切にしてくれました。特に秋山飛行士は、いい人でした。「やはり、地球は青いわ。」闇の中を別のロケットが近づいて来ました。その中には、お父さんの部下であり、少女の婚約者である野村證券の社員が乗っていました。少女は彼のロケットに乗り換えて、二人で地球へ帰って行きました。（話がシンデレラになってしまいました。）

87-035-040　S.N.「赤ずきんと仲間たち」（Ihre Kameraden）

　赤ずきんは、ある日、一人で森のおばあさんの家に行くことになりました。心配した小鳥、クマ、ウサギたちは、後をつけて行くことにしました。しばらくして、キツネが赤ずきんに近道を教えてくれました。赤ずきんは、何も疑わずに、教えられた道を進んで行きました。一方、森の動物たちの一行は、ペテン師で有名なキツネがうろついているのに出会いました。小鳥が急いで警官に知らせに飛び立ちました。オオカミとキツネは、ぐるになって赤ずきんを誘拐しようとしていたのです。赤ずきんはオオカミの家に閉じ込められて、「もうみんなに会えないかも…」と、そのとき、銃声が！　赤ずきんは、みんなの親切に胸が一杯になり、「この平穏な森が人間の手によって破壊されることのないように」と願うのでした。

87-035-047　C.H.「パロディー、星の銀貨」（字が美しい）

　裕福な家庭に育ち、何の不自由もない生活を送っている娘がいました。両親が亡くなると、一文なしになってしまいましたが、昔の裕福な生活が忘れられず、町へ出かけて行きました。

　時はクリスマス。町行く人々は、みな豪華に着飾っていました。そこにティファニーの指輪をキラつかせた少女が通りかかりました。「ちょっと、その指輪よこしなさいよ！」と少女を恐喝し、取り上げてしまいました。しばらく歩いて行くと、ディオールのスーツを着た少女に出会いました。「そのスーツ、わたしのほうが似合うわよ！」今度もスーツを奪い取りました。しかし、二、三日あと、娘は自分が指名手配写真として、町中に貼られているのを知りました。彼女は冷たい牢獄の中で新年を迎えることになりました。

87-035-048　N.H.「赤ずきんちゃん」（Rotkäppchen）

　むかしむかしにあったとおりに、おばあさんに化けたわるいオオ
カミに食べられた赤ずきんちゃんはおなかの中へ…「おばあちゃ
ん！」「おや、赤ずきんじゃないの。」二人は再会を喜びました。腹
ぺこのオオカミは、あわてて丸呑みしたので、二人とも無傷でし
た。「しかたないから、しばらくここで過ごしましょう。それにし
ても殺風景ねえ。」「わたし、おばあちゃんにお花を摘んできたの。
それを飾りましょう。」お見舞いに赤ずきんが持って来たワインを
飲んで、二人はすっかり上機嫌になり、オオカミのおなかの中で踊
り出しました。びっくりしたのは、オオカミです。「おれが食った
のはエイリアンかもしれない。」そのとき、大きなくしゃみが出て
オオカミの中から赤ずきんちゃんとおばあさんが飛び出しました。
「やられる！」と思ったオオカミは一目散に逃げました。

87-035-050　M.H.「オオカミの旅」（現代風でおもしろい）

　最近、オオカミは憂鬱でした。なぜ、自分はこんなにわるいイ
メージを持たれているのだろうか。それどころか、「オオカミなん
かこわくない」という本が出て、自分は「なめられている」と思え
るのです。「男はオオカミなのよ」と歌ったピンクレディーも復活
したではないか。「人食いオオカミ」と言われるが、トラやクマは
タイガースやプーさんというよいキャラクターをもち、かわいがら
れている。オオカミをよく書いているのはシートン動物記や、
「ジャガイモを食べるオオカミ」ぐらいだ。オオカミは、自分が善
人になって、不幸な人や貧しい人を助ける本を書いて、自分を売り
込まねばならない、と思いました。（発想が奇抜だ）

87-035-053　N.H.「宇宙での赤ずきんちゃん」

　科学が発達し、自由に宇宙へ旅行ができる時代でした。あるところに、かわいらしい赤ずきんちゃんがいました。お母さんが言いました。「月にいるおばあさんが、さみしがっているから、遊びに行っておあげ。」赤ずきんは最新型のロケットに乗って、出発しました。途中で宇宙の暴走族が通りかかりました。「赤ずきんちゃん、どこへ行くの？」「お月さまのおばあさんのところよ。」「それじゃあ、一緒に行こうよ。」おばあさんの家に着いて、一緒にティラミスを食べていると、ガサゴソと音がするので、そとを見ると、ロケットがありません。暴走族はロケットが欲しかったのです。しかし、宇宙のおまわりさんが駆けつけて、取り戻してくれました。
［tira-mi-su はイタリア語で 'pick me up' の意味］

87-035-054　T.H.「雪子と美しい母」（Schneemädchen）

　街はずれの住宅街に雪子は美人のお母さんとやさしいお父さんに囲まれて、幸せに暮らしていました。雪子はお母さんのことが自慢の種でした。授業参観のときなど、クラスメートが「きれいなお母さんね」と言うからです。ある日、お母さんと雪子が一緒に買い物に出かけると、デパートの店員が「なんてきれいな娘さんでしょう。こんなかわいらしい方を見たことがないわ」と言うではありませんか。これを聞いて、お母さんは、とても腹をたてました。娘をにくたらしく思い、毎日、バターとミルクとお砂糖をたっぷり使ったお菓子を雪子に食べさせました。でも、雪子は、一向に太りません。お母さんは、自分がダイエットしようと思いつき、毎日、無理を続けているうちに、健康を害してしまいました。

87-035-057　H.H.「イバラ姫、日本で目覚める」

　みなさま、ごらんください。ドイツからいらしたイバラ姫でござい
ます。ご存じの通り、彼女は100年前の今日、ツム（Spindel ＜
spinnen 紡ぐ）で指を刺し、このような若さと美しさを保ちながら
眠り続けてきたのです。なんというおだやかで美しい寝顔でしょ
う。しかしながら、彼女にとって、この100年間は、めまぐるしい
ものでした。戦争が起こるたびに、彼女はさまざまな国に渡り、科
学者（Wissenschaftler）の研究対象となってきました。そして、今
年のニューヨークで競売にかけられたところ、わがテレビ局に競り
落とされ、ここ日本で100年の眠りから目覚めていただくことに
なったのです。さあ、あと5分で、12人目の仙女（weise Frau）の
魔法がとけます。いま、まさに、われわれの前で奇跡（ein Wun-
der）が起ころうとしています。」大ホールの特設舞台の上で、司会
者が興奮気味に、何千もの観衆に語りかけました。

　いよいよカウントダウンが始まります。3, 2, 1, 0！舞台の上でバ
ラの飾りをほどこされたベッドから白い手が伸びました。静まりか
えった会場に、次の瞬間、大きな歓声があがりました。なんという
神々しい美しさでしょう。すると、イバラ姫（Dornröschen）は悲
鳴をあげ、気絶してしまいました。ああ何と哀れなイバラ姫。彼女
は、いままでに見たことのない黒髪と平面的な顔に囲まれてショッ
クを受け、今日もなお眠り続けることになったのです。

［注］この作品はクラスから11票の最高得点を得ました。発想、描
写力、構成、どれをとっても素晴らしい作品だ（林君評）。この作
品は下宮『ドイツ・西欧ことわざ・名句小辞典』（同学社1994）、
『グリム小辞典』（文芸社2018）に再録しました。

87-035-062　Y.Y.「王子の過ち」（Fehler des Prinzen）

　むかし、ある国に、母親思い（マザコン）の王子がいました。王子の母親、つまり、女王さまは、長い間、腎臓を患っていました。ある日、王子は、100年近く眠ったままのお姫さまの話を聞きました。王子は人工透析を繰り返している母親を、なんとかして助けたいと思い、その国へ出かけました。「あのお姫さまと結婚してから自分の国の医者に脳死の診断をもらえば、母に健康な腎臓をあげられるだろうと考えたのです。だが、イバラ姫を一目見たとたんに、あまりにもの美しさにわれを忘れてキスしてしまいました。イバラ姫は目を覚まし、彼女を連れて帰り、結婚しましたが、彼女は思ったよりも気が強く、王子は自分の失敗を生涯くやみました。

87-035-063　K.Y.「現代の赤ずきん」（das gegenwärtige）

　あるところに、これといって長所のない女の子がいました。彼女は赤い帽子が好きで、童話のように、「赤ずきん」と呼ばれていました。赤ずきんは玉の輿（reiche Heirat）に乗りたいために、毎日、エステに通い、女を磨いていました。ある日、具合のわるいおばあさんのところへお見舞いに行くことになりました。しかし、その途中に、夜になると、とてもこわい公園があるのです。朝早く家を出たのに、エステに時間をとられ、すっかり遅くなってしまいました。暗闇の中を歩いていると、通り魔（Phantom）に襲われました。キャーッと叫ぶと、通りがかりの青年が助けてくれました。やがて、命の恩人である青年との間に恋が芽生え、結婚にまで発展しました。「おばあさん！　わたし玉の輿に乗ったのよ。彼は医者なの！」と幸せ一杯に叫びました。［女を磨くなんて言い方があるんだ］

87-035-064　K.Y.「食べられちゃったオオカミ」

　まんまとおばあさんに化けることのできたオオカミがベッドに
入っていると、やがて赤ずきんが、やって来ました。「おばあちゃ
ん、ごきげんいかが。」「元気だよ、いい子だね」と答えたものの、
なんだか彼女の体格が、やけに良いので、オオカミはふしぎに思い
ました。「お前の肩は、そんなにたくましかったかね。」「やだ、お
ばあちゃん、わたし、最近、フィットネスクラブに通っているの
よ。エステに行くのをサボっちゃっているからね。あはは。」「それ
に、おまえ、女の子のくせに大口で笑うんだね。」「いま、はやりな
のよ。おばあちゃん、一杯飲みなさいよ。」オオカミはすっかり
酔っ払ってしまいました。赤いずきんを取ると、それは狩人だった
のです。その晩、二人はおいしいオオカミ鍋を食べました。

86-035-003　N.I.「おばあさんはなぜ赤い帽子を贈ったのか」

　Es gab in einer grossen Stadt ein kleines Mädchen, das sehr hübsch war.
Es litt aber an einer schweren Neurasthenie（神経衰弱）und niemand
konnte es heilen, auch ein guter Psychologe. Seine Grossmutter besuchte
die Volkshochschule und lernte dort die neueste Farbenlehre aus Amerika.
Eines Tages hörte sie, dass die rote Farbe gegen die Nerven beruhigend
wirke. Sie schenkte dann ihrer armen Enkelin ein rotes Käppchen, und
sagte, "Trag immer dieses rote Käppchen!" Das Mädchen wurde danach
heiter und nie mehr depressiv. Es besucht jetzt oft ihre Grossmutter mit
Wein und Kuchen.（Iさんは、クラスでただ一人、ドイツ語で書きま
した。それも、大変に立派なドイツ語です）

86-035-006　M.O.「グレーテルとカエルの王さま」

　むかしむかし、木こり（Holzhacker）の夫婦にヘンゼルとグレーテルという子供がいました。大飢饉（grosse Teuerung）のとき、夫婦が二人を森の中に置き去りにすると、ヘンゼルはグレーテルに自分の最後のパンをあげ、グレーテルはそれを一口食べると、パッタリ倒れてしまいました。けれども、ヘンゼルは一人で、さっさと家へ帰ってしまいました。かわいらしくて心のやさしい妹を、性悪の兄はねたんでいたので、パンに100年眠る毒（Gift）を浸ませておいたのです。

　それから、ちょうど100年目の日に、ある身寄りのないおばあさんが80歳になったので、遺言を書きました。そこにオオカミ（Wolf）が押し入ってペロリとおばあさんを呑み込み、まだ満腹にならなかったので、昼寝をしないで、行ってしまいました。少しすると、カエルがやってきて、その遺言を見つけました。

　グレーテルは目をさまして、困っている人を見つけると、情け深かったので、100年たって毒のぬけたパンも着ていた服もあげてしまいました。空一面の星を眺めていると、カエルがやって来て「グレーテルだね、おまえは、おばあさんの遺産を相続するんだよ」と遺言状を手渡しました。一人ぼっちのおばあさんはヘンゼルの娘だったのです。グレーテルがカエルにお礼を言うと、カエルは魔法がとけて、美しい王子に戻り、グレーテルに求婚しました。

　100年前に木こりの家しかなかったところも、今では新興住宅地となり、建ち並ぶマンションを貰って、使い切れないほどの家賃収入を約束されたグレーテルは、王妃になるのを断って、それからは一生、気ままに、幸せに暮らしました。

86-035-020　M.S.「1990年の星の銀貨」(Die Sterntaler '90)

　あるところに一人の女の子がいました。彼女は普通の生活をして
いましたが、お父さんとお母さんが急に亡くなり、無一文で放り出
されてしまいました。彼女は、もはや、身につけているものしか
残っていません。貰ったケーキは食べてしまいました。途方に暮れ
て、彼女は野原に向かって歩いて行きました。神さまを信じたわけ
ではありませんが、家が買えなかったので、自然の中を歩いて行く
と、寒がっている少女に出会いました。女の子は身につけたものの
中からゴルチエのスカーフを取って、少女の頭にまいてあげまし
た。しばらく行くと、また寒がっている娘がいました。女の子は着
ていたラルフ・ローレンのコートをあげました。次にはモリ・ハナ
エのブラウスを、そして次にはアクア・スキュータムで仕上げても
らったスカートをあげてしまいました。もうおわかりでしょうが、
彼女は女子大生です。最後にはクリスチャン・ディオールの肌着ま
であげてしまいました。立ちつくす彼女の前に空から銀貨が降って
来ました。ところが、なんということでしょう。なにしろ、金貨で
はなくて、銀貨だったので、女の子の着ていた服の合計よりも、少
額だったのです。おまけにグンゼの木綿が身体にはりついてしまい
ました。(やたらに横文字の衣装が出てきますが、中身は、あまり
面白くありません)

[注] p.40の「かとう・かずこ」(Kato Kazuko) さんは、架空の名
前です。このように、最初の文字が同じ対句を頭韻（alliteration, ド
Stabreim）と呼んでいます。英語の例は as busy as a bee（とても忙
しい）、シェークスピアの Love's Labour's Lost（恋の骨折り損）、ド
イツ語の例は über Stock und Stein（野越え山越え）。

クルミ割り人形のふるさと－ザイフェン（Seiffen）

ドイツ語圏文化史（火1）ドイツ文学科3年　K.K.

《ザイフェン》はチェコとの国境近く、ザクセン州エルツ山脈（Erzgebirge）中部の屋根に位置する小さな村である。古くから炭鉱地帯として知られるエルツ地方は、貧しい地域として知られてきた。ザイフェンはエルツ山系の代表的な村で、「クルミ割り人形」を初めて作ったり、「天使と鉱夫のロウソク立て」「ザイフェンの教会と5人の聖歌隊」「花売り娘と3人のおばさん」など、独特なモチーフを使った木工細工がある。

《木工産業》貧しいエルツの人々の生活を支えたのがクルミ割り人形などの木工産業だった。家内工業として始まったクリスマスグッズの生産は、身の回りの菩提樹やブナの木を使って、身近な動物やロウソク立てを作ることから始まった。炭鉱で働く人々は昼間でも太陽を見ることが少なく、光への憧れからロウソクを持った天使などが作られた。ロウソク立てやロウソクを持った天使は、そのような鉱夫たちの光りへの憧れ、そして鉱夫たちをなぐさめたいという家族の気持ちのあらわれと言われている。

クルミ割り人形

《木工玩具博物館》が村の中央にあり、古くから使われていた道具類、ザイフェンで生まれた数々の木工製品を見ることができる。

Erzは普通名詞としては「鉱石」。

クレルモン・フェラン（Clermont-Ferrand）2005

クレルモン・フェラン駅は平屋の建物で、リモージュ駅Limoges
にくらべて、月とスッポンだが、この絵葉書は大きな収穫だ。ウェ
ルキンゲトリクス Vercingetorix とパスカル Pascal という歴史に名を
残した二人を生んだところだからだ。

Vercingetorix（45 B.C. ごろ死）ガリアの族長。カエサル（Caesar）
がガリア征服を目指して攻め込んだとき、最初、優勢であったが、
ついに捕らえられ、6年間、幽閉ののちに、処刑された。人名 Ver-
cingeto-rix は king of the great warriors の意味（イタリアの言語学者
G.Bonfante, 1956, による）。

パスカル（1623-1662）は数学者、哲学者だが、「人間は一本の葦
（あし）にすぎない。自然の中で最もか弱いものである。しかしそ
れは考える葦である」の名句で知られる。フ L'homme n'est qu'un
roseau, le plus faible de la nature; mais c'est un roseau pensant. 英 Man is
only a reed, the feeblest thing in nature; but he is a thinking reed. ド Der
Mensch ist nur ein Schilfrohr, das schwächste in der Natur, aber ein Schil-
frohr, das denkt.

ゲーテ街道（Goethe Strasse）1999

　ライプツィヒからフランクフルトまで（独文科3年）K.S.

　ゲーテが生まれて250年、ゲーテ街道を調べた。

ライプツィヒ…ゲーテが学んだ大学。シラー、ニーチェも。

イエナ…大学都市。執筆のため、ゲーテはしばしば訪れる。

ヴァイマール…ゲーテが愛した街。26歳以降、生涯を過ごす。

エアフルト…ゲーテがヴァイマール大臣としてしばしば訪れる。

アイゼナッハ…バッハ生誕の地。

フルダ…ゲーテがよく通った道。また定宿の地。

フランクフルト…ゲーテの生家がある。16歳まで過ごした。

　いちょう（Gingo biloba, 二つの葉のイチョウ）

この樹の葉は東の国から	Dieses Baums Blatt
私の庭にやって来た。	Meinem Garten anvertraut,
秘めた意味を味わうために	Gibt geheimen Sinn zu kosten,
物識る人が喜ぶように。	Wie's den Wissenden erbaut.

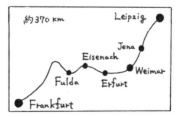

　ゲーテは65歳のとき、1814年と1815年にフランクフルトの銀行頭取フォン・ヴィレマー夫妻に招待された。その際、妻マリアンネとゲーテとの間に詩が贈りかわされた。ゲーテが愛の詩を贈ると、彼女も才気あふれる詩で応えた。

芸術と美のノルウェー（2003）

東海大学ノルウェー語科（月2）　3年　Y.I.

Osloの王宮の手前にある国立劇場（Nasjonaltheater）の前には劇作家Henrik Ibsenと青春小説の作家でノーベル賞受賞のビョルンソン Bjørnstjerne Bjørnsonの二つの銅像が立っている。二人は同じ時代をライバルとして生きて、偉大な名前を残している。また、ノルウェーが生んだ偉大な芸術家といえば、ムンクMunchである。ムンクの代表作（hovedverker）は国立美術館（Nasjonalgalleriet）で見ることができる。ノルウェーは、フィヨルドと山岳の美しさだけでなく、芸術の薫りも高い。

　（彼女は、私の担当最終年の、最優秀の学生でした）

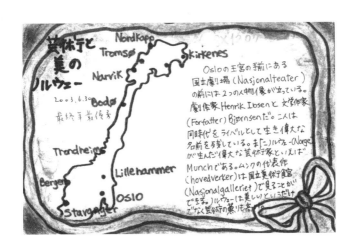

ケルト語の分類（2002）

　言語学概論（金5）津田塾大学英文科2年　K.T.

　2002年、夏休みにダブリンへ行って来ました。

ケルト語の例：グレンダーロッホのglenは「谷」、loughは「湖」

　　スカイ島のスカイSkyeは「翼（の形をした）」

　　ケルト語はゲルマン語と同じく、大きな言語群で、分類すると、

1.　大陸ケルト語（Continental Celtic）：紀元前600年頃から1000年
　　間ほどヨーロッパ大陸に住んでいたケルト人が使っていた。

2.　島嶼（とうしょ）ケルト語（Insular Celtic）：ブリトン語
　　（ウェールズ語、ブルトン語［フランスのブルターニュ地方]）、
　　コーンウォール語、アイルランド語（Irish）：ゲール語（スコッ
　　トランドゲール語）：マン語Manx（死滅）

ブリトン語とゲール語の相違：

1.　ブリトン語のpはゲール語のqにあたる。ブルトン語pevar, ゲー
　　ル語［アイルランド語］cethir（c=k＜q）

2.　ブリトン語はラテン語の影響が大きい。　　　　　　　　　「1977）

3.　大陸ケルト語は非常に古く、ほとんどケルト祖語（K.H.Schmidt

IRELAND

ケンブリッジ語学研修（Cambridge, 1996）

言語学概論（金5）津田塾大学英文科2年　S.T.

　1996年8月17日から9月13日までの間、イギリスのケンブリッジ大学Homerton Collegeに語学研修に行ってきた。津田のプログラムなので、まわりはみんな日本人、そして、見知った人も多かった。私自身、今回の研修で、初めて飛行機に乗り、初めて海外に行ったので、すべてが緊張とおどろきの連続だった。ケンブリッジの街は、私の予想をはるかに越えた、とてもステキな所だった。いたるところに木々や花が植えられ、住むには絶好の場所である。初日に見たキングズカレッジは、まさに目が「とびでる」ほど、これが人間の手で作られたのかと見まがうばかりに、精巧な細工であった。英語も、引率の先生によれば、ロンドンのような都市よりも洗練された英語で、聞き取りやすかった。あとでLondonに行ったが、東京よりもゴミゴミしていた。「初めて行った所が自分の一番好きになる」というが、まさにケンブリッジはその通り。今度はウメボシとお醤油を必ず持って、ケンブリッジを訪れたい。

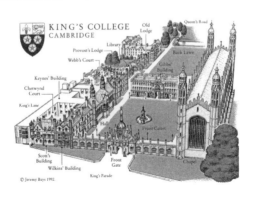

コーヒーとお菓子（Café und Kuchen）2003

ドイツ語学概論（水4）学習院大学独文科3年　M.A.

オーストリアを調べました。

1. メレンゲ（meringue, 発音ムラング）：ウィーン人が最も好むコーヒー。あわ立てたミルクとモカを混ぜる。大変おいしい。2. Schwarzer：普通のブラックコーヒー。モカ（Mokka）ともいう。3. Espresso：日本でもおなじみ。少量だが、大変濃いブラックコーヒー。4. Einspänner：生クリーム入りコーヒー。日本でいうウィンナーコーヒーで、グラスに入って出て来る。5. Sachertorte：世界で一番有名なチョコレートケーキ。とても甘い。生クリームで甘さをやわらげる。6. Topfenstrudel：薄いパイ皮でカッテージ・チーズを包んで焼いたもの。Apfelstrudel も有名。7. Mozarttorte：映画「第三の男」に登場し、世界的に有名になった。モーツァルトの絵が描いてある。チョコが添えてある。8. Linzertorte：リンツのケーキ。バターとシナモンがたっぷり入り、しっとりしている。

幸福な一家（The Happy Family, H.C.Andersen）1998

青山学院大学日本文学科3年（比較言語学、金3）　A.A.

　昔、ある上級階級の人たちが、カタツムリの料理を食べていました。そのカタツムリはスカンポの葉を食べて大きくなるのですが、人々がカタツムリを食べなくなると、スカンポは増えに増え、しまいには森ができてしまいました。たった2匹だけ残ったカタツムリの夫婦は、外の世界で自分の仲間がどのように料理され、その後、どうなるのかも知りませんでした。しかし、2匹は本当に幸せに暮らしていました。そして、子孫を残しました。

コペンハーゲンからの便り（2019）佐藤敦彦

　佐藤君は1983年、東海大学北欧文学科のデンマーク語を卒業、スカンジナビア航空に就職し、コペンハーゲンで働いていたが、その後、製薬会社に転職し、そこで知り合った薬剤師のミンナMinnaさんと結婚した。いまはコペンハーゲン郊外に娘と息子と一家四人で幸せに暮らしている。表題をコペンハーゲンからの便りとしたが、ここに紹介するのは、私の問い合わせに対する解答である。2019年9月28日ラジオ深夜便で三浦綾子の「貝殻」が紹介され、その舞台になった北見江差について知りたかった。（p.31）

　北見江差は私が中学高校時代に過ごした浜頓別の隣町です。北オホーツク地方は宗谷管内のオホーツク海沿岸部の5町村、つまり猿払村、浜頓別町、中頓別町、枝幸町、歌登町をひとまとめにして、北オホーツクと呼称します。その中で最大の市街地、と言っても人口わずか1万人ですが、その市街地を形成する枝幸と、交通の要衝だった浜頓別（国鉄天北線と興浜北線の分岐駅、そして国道238号線と275号線の分岐点）が、この地域の中心的な役割を担っていましたが、今では鉄道もすべて姿を消し、過疎化が非常な勢いで進んでいます。この辺りは稲作の北限よりも更に北にあるため、日本の原風景とも言える水田が見られず、農業といえば酪農が100％です。オホーツク沿岸をアイヌの人々はKamuy etu（神の岬）と呼びました。「江差」は渡島半島南西部の日本海側に面した、かつてニシン漁で栄えた港町です。江差追分という民謡の発祥地でもあります。枝幸も江差も、アイヌ語のEsausi（突き出たところ）から来ていて、江戸時代の和人の進出期には「エサゥシ」とカナ書きし、明治の開拓期に枝幸、江差と漢字を当てました。

ゴルバチョフ元大統領が目白に (2005)

　「ミハイル・ゴルバチョフ元大統領と若者との集い」という講演が2005年11月13日（日）14:15-16:15学習院創立百周年記念会館で行われ、1500人の会場が満員であった。ゴルバチョフは、モスクワ大学入学式で、将来妻となるライサさんと出会い結婚。ソ連大統領夫妻はニューヨークの国連会場に二人で登場し、アメリカ国民の喝采を浴びた。ソ連の大統領が夫婦で外国を旅行したのは初めてだったし、ライサさんのかわいらしさも話題になった。ライサRaisaはヘブライ語でバラの意味である。同時通訳をしたのは読売新聞モスクワ支局長の娘、吉岡ユキさんだった。私は尾崎俊明さん、天野洋さんと一緒に講演を聞いて、大統領が退場するときに、私たち三人は、人をかき分け、かき分けして、大統領と握手した。尾崎さんは女子部の英語の先生だが、フランス語もロシア語も熱心で、モスクワの夏期ロシア語講座に参加した。天野さんは東京外国語大学のロシア語科出身で、ロシア語の通訳である。

142

2005

聴 講 券

国際フォーラム2005

『ミハイル・ゴルバチョフ元大統領と若者の集い』

—新しい時代と若者の役割—

日時　平成17年11月13日㈰　午後1時開場・集いは午後2時より

会場　学習院目白キャンパス　学習院創立百周年記念会館　正堂
　　　（JR目白駅下車・徒歩3分）
　　　〒171-8588　東京都豊島区目白1-5-1
　　　●当日の着席は係員の指示に従って下さい。

最後の一葉（The Last Leaf, 1907）

　アメリカの短編作家オー・ヘンリー（O.Henry, 1862-1910）の小品。ニューヨーク、マンハッタンに、ワシントン・スクエアの古びたアパートがある。そこに暮らす画家のジョンジーと、同じ画家のスーとの会話。ジョンジーは重い肺炎にかかり、「あの葉がみんな落ちたら、自分も死ぬのね」とスーに言った。だが、その最後の一葉は、実は、別の画家が描いたものだった。だから、その葉は落ちず、ジョンジーは無事に回復した。

　ニューヨークは世界中から人間が押し寄せてくる、希望と活気にあふれた、人口400万の都会だった。「賢者の贈り物」The Gift of the Magi もそうだが、ここには、貧しいが善良な市民が懸命に生きていた。『オー・ヘンリー傑作選』大津栄一郎訳（岩波文庫）。

　挿絵は、読売新聞1993年11月22日に載ったもので、「落ち込むひまがあったら、行動せよ、感心している場合か」と、カワキタ・カズヒロのコメントがある。

64

サイパン体験記 (2000)

青山学院大学文学部フランス文学科3年　H.K.(比較言語学、金3)

東京から3時間半、初めてサイパンに行って来ました！　サイパンといえば…海！　リゾート！　ショッピング！　とワクワクして到着すると、プルメリア、ブーゲンビリアが咲き誇り、海と空が真っ青で、とてもきれい!!　翌日、半日観光に参加し、知らなかったサイパンの歴史を見てきました。日本と深く関係があること、戦場だったこと、そして、多くの犠牲者がいたことを知りました。人口は5.8万人ですが、島の人々の親切に触れ、面白いチャモロ語に出会いました。また、ダイビングや、時を楽しむために行きたいです。

サイパンと日本：

第1次世界大戦後、サイパンは日本に統治されました。第2次世界大戦が始まると、現地の人々、日本人、合わせて4万人ちかくの人が亡くなりました。今でも、島の北部には戦争の傷跡が生々しく残っています。岸壁にあいた大砲の大きな穴、人間魚雷（人間が魚雷になって敵に飛び込む）。これらを目のあたりにして、当時の激しい攻撃の様子や、兵士たちの気持ちが伝わって来て、とても、つらい気持ちになりました。「バンザイクリフ」から1000人もの日本兵とその家族が北部に追いやられ、日本に一番近いこの場所から、「バンザーイ」と叫びながら、飛び降りました。

平和しか知らずに遊びに来た私にはショックでした。チャモロ語（chamorro）はインドネシア系の言語ですが、3世紀にわたるスペイン統治のため、スペイン語からの借用語が多く、masa（テーブル＜スペイン語 mesa）、tenda（店＜ス tienda）。日本語の geta（下駄）があります。マツモト（松本）という名字が多いそうです。

サンクト・ペテルブルク（Sankt-Peterburg）2001

学習院大学ドイツ文学科3年　S.H.

　今年の夏、私は建都300年を迎えた都市、サンクト・ペテルブルク Sankt Petersburg へ行きました。もともとロシアの音楽に興味があり、表現する上でドイツとは異なる雄大さを確かめてみたかった、というのが、今回の旅行のきっかけでした。到着したのが真夜中であったため、街全体が街灯で照らされ、幻想的でした。

　観光した中で、印象的だったのは、エルミタージュ美術館と、テレビで特集されていた琥珀の間です。どちらも、日本とは比較できない壮大なスケールで、圧倒させるものがありました。好奇心旺盛であったピョートル大帝、女帝エカチェリーナの残したものが、今日のロシアに色濃く残っているのを実感しました。

　ロシア文字のローマ字は Sankt-Peterburg 聖ペテルブルク「ピョートルの町」。英語綴りは Peters- で -s が入る。ピョートル大帝（1672-1725, 在位 1682-1725）は西欧の学問、造船技術などを修得し、その他の文物を盛んに取り入れた。1712年にモスクワからここに首都を移した。

サン・セバスチャン便り（San Sebastián）1987

　（留守宅へ）54日間主要目的の最後のところに今朝着きました。初めてこの地を見たのは13年前でしたが、そのときから懇意にしている本屋さん、マンテロラ書店（Librería Manterola）はバスク語図書専門店で、3兄弟姉妹が喜んで迎えてくれました。

　今日から6泊するホテルは2つ星で、1泊5,500円（朝食つき）です。ぼくの発表Basque is a half-Romance language?（バスク語は半分ロマンス語か）は9月2日（水）です。9月4日（金）終了後、夜行でここをたち、9月5日（土）パリからアエロフロート航空でモスクワ経由、9月6日（日）9：40成田着です。

　写真はサン・セバスチャンのウルメア川（Río Urumea）と橋。

ジプシー（Gypsy）

　ジプシーの世界人口は700万から800万と推定され、その半分は
ヨーロッパに住み、さらにその3分の2がバルカン諸国を含めた東
ヨーロッパに集中している。では、彼らはどこから来たか。彼らは
インドの北から紀元1000年ごろ、よりよい土地を求めて、アルメ
ニア、トルコ、ギリシアに移り、さらに、ドイツ、フランス、スペ
イン、イギリス、北欧にまで入り込んだ。英語でジプシーと呼ぶの
は、彼らがエジプトから来たと考えたからである。ドイツ語はZi-
geuner（ツィゴイナー、
ツィゴイネルワイゼンは
ジプシーの曲）、フラン
ス語はtsigane（ツィガー
ヌ）、スペイン語はgita-
no（ヒターノ）、ロシア
語はcygán（ツィガン）
という。プーシキンに
「ツィガーニ（ジプシー、
流浪の民, 1827）」とい
う詩がある。

Gypsies (Ulm, about 1872)

ウルム（ドイツ南部の都市）のジプシーの家
族。馬車で生活している。H.E.Wedeck,
Dictionary of Gipsy Life and Lore. London, 1973.

シャバノン村はどこに（Where is Chavanon?）2005

　中学1年のときに読んだ「家なき子」（Sans famille, 1878）の主人公レミが育ったシャバノン村を、いつか訪れたいと思っていた。レミはお母さんと一緒に育った。父はパリで働いていて、めったに帰って来なかった。お母さんのことが大好きだったが、成長して、自分が捨て子であったことを知り、実の母を求めてロンドンに旅立ち、めでたく会えるという話である。作者エクトル・マロー（Hector Malot, 1830-1907）には、「家なき娘」（1893）もある。2005年5月21日（土）、リモージュ（Limoges）のあと、シャバノン村を訪れたいと思った。クレルモン・フェランから国道89で55km, ピュイ・ド・サンシーから25kmとあり、ピュイ・ド・ドーム Puy-de-Dôme 県のドルドーニュ Dordogne の近くらしいが、タクシーで、という贅沢もできず、断念した。

シュリーマンに学ぶ外国語学習法（How Schliemann mastered 18 languages）2001　立教大学観光学部観光学科　C.K.

私はトロイア遺跡を発掘したことで有名なハインリッヒ・シュリーマン（Heinrich Schliemann, 1822-1890）の伝記を読んで、彼がほぼ独学で18か国語をマスターしていたことを知って驚き、その学習方法に強い興味を覚えました。彼の実践した方法とは、以下のようなものでした。

1. 非常にたくさんの分量を音読すること。
2. 短文を、その言語に訳してみること。
3. 毎日、授業を欠かさないこと。
4. 興味を覚えた問題について、常に作文を書くこと。
5. これを先生の指導によって訂正すること。
6. 訂正したものを暗記すること。
7. 前日に直されたものを次の時間に暗唱してみせること。

ロシア語訳の本を大声で朗読して、一冊をまるまる暗唱するのです。そのようなユニークで猛烈な勉強の結果、18言語を習得し、それが後に、遺跡発掘の成功に結びついたのでした。

シュリーマンは少年時代に父親が朗読してくれたホメーロスの詩に心を打たれ、それを事実だと信じたのです。20代、30代で次々と外国語を独学し、18か国語を操る達人となり、40代を過ぎてから考古学を勉強し、50代を過ぎてから、トロイア、ミュケーナイ、オルコメノス、ティリュンスを発掘し、少年のころの夢を実現し、ミュケーナイ文明の発見者として歴史に名を残しました。

彼女は立教大学を卒業後、希望の観光会社に就職し、ヨーロッパを飛び回っているはずです。

白雪姫が目白にあらわれる （Sneewittchen erscheint in Mejiro） 2004

学習院大学独文科3年　A.O.

　白雪姫というとても美人なお姫さまが7人のお手伝いさんと平和に目白で暮らしていました。白雪姫が一番美人だということをうわさに聞いて怒った継母は、ある日、ピザの店員に変装して、白雪姫の家に毒入りピザを届けに行きました。白雪姫は，それを食べてしまい、倒れてしまいました。白雪姫が倒れたといううわさは学習院大学中に広まりました。そのうわさを聞いたドイツ語の先生が心配して、白雪姫のためにビールとソーセージをたくさん持って行きました。白雪姫にそのビールをひとくち飲ませると、白雪姫は目をさましました。その後、先生は、いつも授業に彼女を連れて来て、学生たちの前で「ぼくが助けたんだよ」と自慢しました。

スイス紀行（A Trip to Switzerland）2000

言語学概論（金5）津田塾大学英文3年　M.K.

2000年8月11日から18日まで母と伯母の3人でJungfrau, Matterhorn, Mont Blancの明峰を巡る旅に行った。行程はChur→Maienfeld→Luzern→Grindelwald→氷河特急（Glacier Express）→Zermatt→Chamonix→Genèveだった。

Maienfeldで、授業で見たwind's eye（風の目、これがwindowの語源）がなくて、普通の窓だったので、少しガッカリした。ハイジと思われる女性がいたが、髪がモシャモシャで、かわいくなかった。GrindelwaldからAndermattへ行く途中、Furka Passという峠越えをした。細い一車線の道がつづら折りになっていて、すぐ下が崖になっている。大型バスは通れないらしいが、大型に限りなく近いバス同士が行き違うときには、ヒヤッとした。

スイスはどこに行っても緑が多く、街も自然も美しかった。一体どこから維持費が出るのか、とても不思議だった。

Totensee（死者の湖）2144メートル

スイス氷河特急（Glacier Express）2000

言語学概論（金5）津田塾大学英文2年　N.N.

　私は9月1日から17日までオーストリア、スイス、イタリアへ友だちと二人で旅行しました。オーストリアはウィーンとザルツブルク、スイスに入る前にリヒテンシュタインで1泊し、スイスはサン・モリッツ、ツェルマットを訪れました。この授業で見たハイジのアニメが忘れられなくて、マイエンフェルトへ行き、ハイジの泉やハイジの小屋を見ました。Heidi-Weg（ハイジの道）の標識があり、その途中に泉や小屋があり、全部まわるのに6時間ほどかかりました。道という道がないところもあり、何度となく迷いましたが、あの素晴らしい景色が、私たちを助けてくれました。

　<u>山も空も、とても近くに感じられて、手をのばせば届くのではないかと思われるほどでした</u>。視界一面が草原で覆われていました。それから、サン・モリッツ St. Moritz からツェルマット Zermatt まで氷河特急（Glacier Express）に乗りました。

［Andermatt 'at the meadow', Zermatt 'to the meadow', matt は女性］

スコットランド（Scotland）1995　K.U.

　念願のスコットランドにやって来ました。ハイランド地方の緑は
すばらしいです。ヨーロッパは、ほんとに奥が深いです。この写真
はスカイ島Skyeのモイル城の残骸です。明日パリを立ち、ドイツ
を経由して7月に帰国します。

Kyreakin and the ruins of Castle Moil, Isle of Skye.
〔彼女は筑波大学で私のノルウェー語集中講義に参加していた〕

スペインの建物（Edificación de la España）

青山学院大学英米文学科4年（比較言語学、金3）　A.K.

　スペインは、紀元前3世紀ごろから、ローマ人を初め、さまざまな民族に支配されてきた。それぞれの文化は互いに融合しあい、いまも優雅にその姿を残している。

8世紀〜　Mozárabe-Mudejár様式（イスラム系）石ころやレンガの
　技術を用いたアラブ調。

11世紀〜　Románico様式（フランス系）石積みの重量感ある壁。

13世紀〜　Gothic様式（ゴート系）尖塔。アーチを組み入れたステンドグラスの窓が特徴。

16世紀〜　Plateresco様式（Gothic + Mudejar）銀細工様式と呼ばれ、繊細な感じ。

17〜18世紀　Churrigueresco様式。チュリゲラ兄弟ら祭壇彫刻家の活躍。装飾的様式が強く、壮麗な感じ。

「すみません」考（1992）

学習院大学日本語日本文学科1年　F.K.

①満員電車で人を押しのけて外に出るとき「すみません」

②下宿の友だちの家へ遊びに行ったが、間違えて隣のドアを開けた
　とき「すみません」

③駅で足元に落とした定期券に気づかないとき
　「定期が落ちていますよ」「あ、すみません」

　日本語では「すみません」ですむものが、英語だと①はExcuse
me. ②はI'm sorry. ③はThank you. になるのだそうだ。私は今日も満
員電車でカバンをとばされ、相手は「すみません」と言ったけれ
ど、これがExcuse me. なのかI'm sorry. なのか、私も相手も意識し
ていないと思います。ヨーロッパのビデオで日本語の「おはよう」
にあたるものがない場合は、とても不思議な気がしたけれど、とっ
さの「すみません」で要求を通したり、失礼をわびたり、お礼を
いったりしてしまう日本語の意識に、かなり曖昧なものが流れてい
る気がします。

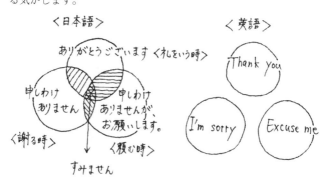

台湾（Taiwan, or Formosa）

　下の図は台湾の地図で、めずらしいものらしい。18th century map of Formosa Island, by Jan Van Braam & G. Onder de Linden. One of the rarest and most ancient map of Taiwan. Original, 44 × 55 cm. 18世紀の台湾島、ヤン・ファン・ブラームおよびG. オンデル・デ・リンデン作成。超稀覯、最古の台湾地図。作者の二人目は、ベルリンの街路名Unter den Linden（菩提樹通り）と同じである。地図はフランス語で記されている。L'Isle Formose et partie des Costes de la Chine（美しい島およびシナの海岸の一部）とある。isleとcostesは、いまのフランス語でîle, côtesと綴る。

　学習院大学の同僚だった長嶋善郎（ながしま・よしお）さん（1941-2011）から2001年7月31日にいただいた葉書で、内容は彼が会長だった日本サピア協会に少額だが、寄付したことに対する礼状だった。日本語日本文学科の言語学教授で、1982年8月東京で国際言語学者会議が開催されたとき、服部四郎先生、井上和子さんらと一緒に働いた。

台湾からの手紙（1996）　from Mr.金城宏幸

　私はいま科研費（海外研究）で台北におります。3週間の予定で台湾全土をまわるつもりです。ソウルの学会では、いろいろな方にお会いでき、興味深い研究発表に接して有益でした。

　1996年6月21日（金）から6月23日（日）まで3日間、ソウルでアジア・ヒスパニスト会議（IV. Congreso Asiático de Hispanistas, 会長Prof.Dr.Kim I-Bae）が開催され、200名が参加した。これはアジア諸国のスペイン語・スペイン文学・中南米研究の学者のための学会で、第1回が1985年ソウル、第2回が1990年マニラ、第3回が東京（清泉女子大学）で開催されたのに続く第4回である。

　金城さん（琉球大学講師）の発表は「日本における最もラテン的な地域」（La región más latina del Japón）で、南米における日系人の占める割合が最も高いのは沖縄出身者である、という内容である。彼らが帰国子女として沖縄に留学する、したがって、沖縄が（日本の中で）最もラテン的というわけだ。

　私は「スペイン語と他のロマンス諸語との比較」（El español vs. otras lenguas románicas）という発表を行った。

タリンからの便り（Tallinn, Estonia）1979

　リトアニア、エストニアのあと、スウェーデンを訪れました。オスロ大学では Prof.Hans Vogt の Meillet ギリシア語講義ノートの製本を見ることができました。Vogt の筆跡は読みやすく、きれいでした。帰国したら、研究成果をまとめます。村田郁夫

　Prof.Hans Vogt（1903-1986）はオスロ大学言語学教授。グルジア語、コーカサス諸語が専門。私は1985年7月末、オスロ郊外のお宅に、パリの集中講義から帰宅した Prof.Vogt に会うことが出来た。Prof.Michelena のことを尋ねていた。

　下の絵葉書はエストニアの首都 Tallinn の市役所広場 Rekoja plats（Rathausplatz）。Tallinn は dansk lin「デンマークの城」linn はフィンランド語 linna にあたる。村田氏はリトアニア語が専門で、『リトアニア語基礎1500語』（大学書林）、『世界言語大辞典』（三省堂）にバルト諸語の項目を執筆。東京経済大学名誉教授。

チーズの語源 （1998）

　東京家政大学 3 年　N.N.（言語学概論、金1）

　語源はラテン語のcaseusカセウス。ここからドイツ語Käseケーゼ（ハイジがパンの上にのせた、やわらかそうなチーズが、とてもおいしそうでした）、オランダ語kaasカース、アイルランド語casisカシス、ウェールズ語cawsカウス、古い英語cyseチーゼ、16~17世紀の英語でches, chiese, scheseなどと綴られました。フランス語fromageフロマージュ、イタリア語formaggioフォルマッジョはラテン語formaticum（型にはまった）の意味からきています。北欧語ではostオスト、中国語ではニュウナピンと呼んでいます。

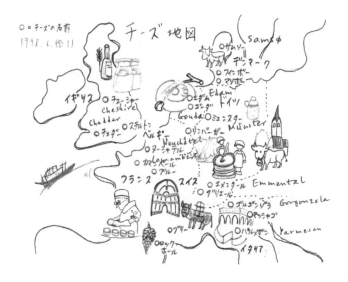

ふりがな お名前				明治 大正 昭和 平成		年生　歳
ふりがな ご住所	□□□-□□□□					性別 男・女
お電話 番 号	（書籍ご注文の際に必要です）		ご職業			
E-mail						
ご購読雑誌（複数可）				ご購読新聞		新聞

最近読んでおもしろかった本や今後、とりあげてほしいテーマをお教えください。

ご自分の研究成果や経験、お考え等を出版してみたいというお気持ちはありますか。

ある　　　　ない　　　　内容・テーマ（　　　　　　　　　　　　　　　　　　　　）

現在完成した作品をお持ちですか。

ある　　　　ない　　　　ジャンル・原稿量（　　　　　　　　　　　　　　　　　　）

書　名	

お買上書店	都道府県	市区郡	書店名				書店
			ご購入日	年	月	日	

本書をどこでお知りになりましたか?
　1.書店店頭　2.知人にすすめられて　3.インターネット（サイト名　　　　　　　）
　4.DMハガキ　5.広告、記事を見て（新聞、雑誌名　　　　　　　　　　　　　　）

上の質問に関連して、ご購入の決め手となったのは?
　1.タイトル　2.著者　3.内容　4.カバーデザイン　5.帯
　その他ご自由にお書きください。

本書についてのご意見、ご感想をお聞かせください。
①内容について

②カバー、タイトル、帯について

弊社Webサイトからもご意見、ご感想をお寄せいただけます。

ご協力ありがとうございました。
※お寄せいただいたご意見、ご感想は新聞広告等で匿名にて使わせていただくことがあります。
※お客様の個人情報は、小社からの連絡のみに使用します。社外に提供することは一切ありません。

■書籍のご注文は、お近くの書店または、ブックサービス（☎0120-29-9625）、
セブンネットショッピング（http://7net.omni7.jp/）にお申し込み下さい。

地球は青かった（ガガーリン）1961

1961年4月12日、世界初の宇宙飛行士として衛星（spútnik）ボストーク Vostók 第1号に乗って地球を一周し、無事に地上に生還したユーリ・ガガーリン Julij Gagárin（1934-1968）の言葉「地球は青かった」。正しくは「地球は青く見える」Zemljá okázyvaetsja golubája であった。「大西洋を横断してアメリカ大陸を発見したコロンブスが偉大な発見者であるならば、宇宙に突入して地球を回り帰還したガガーリンは、なんと偉大な宇宙の開拓者であろう」とソ連首相フルシチョフは英雄を称えた。vostók は「東」、地名 Vladivostók（ウラジオストク）は東方制覇の意味である。

少し遅れて、1969年7月20日、アメリカの宇宙飛行士アームストロング（Neil Armstrong, 1930-2012）がアポロ11号で月面に上陸したときの第一声は「これは一人の人間にとっては小さな一歩だが、人類にとっては巨大な一歩だ。That's one small step for a man, but one giant step for mankind［on stepping on to the moon］. この場面を5億人、日本でも90%が見た。

日本宇宙飛行士、毛利衛が1992年、月から帰還したときの言葉は「宇宙から見ると、地球に国境がなかった（ドイツ語だが、Vom Weltraum aus waren auf der Erde keine Grenzen zu sehen.）。「日本に近づいたとき、最初に見えたのは日高山脈、襟裳岬だった」

毛利衛（73歳，1948年生）は日本科学未来館館長。2013年、「私のがむしゃら時代」（NHK インタビュアー森田美由紀）毛利は北海道余市市余市町に8人兄弟の末っ子として生まれる。宇宙飛行士になる前は北海道大学助教授だった。現在、京都大学大学院特任教授。専門は真空表面科学、核融合炉壁材料、宇宙実験。

チョコレート大好き（J'aime beaucoup le chocolat!!）2001

（言語と文化、水3）学習院大学仏文1年　T.H.

　この絵は私の一番好きなブラックチョコレート、コート・ドール（黄金海岸）のノワール・デ・ノワール（黒の黒）というチョコレートのパッケージです。本当においしいんですよ。

　もともとチョコレート好きが、高校2年のとき、1年間ベルギーに留学したことから、チョコレート狂に変身しました。帰国してから1年半たったとき、ふと気づいた「どうしてチョコレートって言うんだろう」。Pourquoi le chocolat a été nommé le chocolat?

　チョコレート、ショコラの語源は古代アステカ帝国の時代に皇帝のモンテスマが愛飲していた飲料のショコラトルです。その語源は水に溶かすときの音「ショコ」、これに水を表わす「アテ、アテル」がついた。1521年、スペイン人コルテス（Cortés）がアステカを滅ぼし、スペインに持ち帰った。そこからヨーロッパ全域に広まり、ヴァンホーテンのココアパウダーの開発、イギリスでのイーティング・チョコレートの発明、スイスでのミルクチョコレートの誕生、など、ヨーロッパでのチョコレート文化は、ますます香り高く変化を遂げていったのでした…。

津田塾大学（Tsuda College）2000

　創立100周年記念のシールである。津田塾大学の前身、女子英学塾は津田梅子（1864-1929）が創立したもので、1948年、大学に昇格した。東京都小平市津田町にある。私は、ここで1991年から2003年まで言語学概論（金5）を非常勤で担当する幸運を得た。前任者は大束百合子さん、中尾俊夫氏（英語史）など、高名な方々だった。私の言語学概論はビデオ観賞、学生からの意見や質問（前回の授業の出席カードに記した）に対する解答を骨子としていた。2行詩や俳句なども扱った。300人ものクラスだったので、学生が私語を始めると、教壇からツカツカと降りて行って、学生に近づき、出席カードをあげるから、もう帰ってもいいよ、と言った。夏休みの宿題に葉書の大きさのレポート（ひとくちレポート）を課していた。この目白だよりにも優秀な作品がたくさん載っている。

デンマークの集合家族住宅 kollektiv（1984）

東海大学北欧文学科4年　　C.M.

質問にお答えいたします。kollektiv について習ったのは、デンマークのカローにある語学学校（Sproghøjskolen i Kalø）で「家族」についてでした。いまや、家庭、家族の危機が迫っているというのです。離婚率は3分の1です。デンマーク語 kollektiv は「集合家族住宅」とでもいうのでしょうか。

図で示します。

ノーマルな家族が父、母、子供2人だとすると、これが

→集合家族住宅 kollektiv では父3人、母5人、子供7人

ここカローに来ていた子供の中にもたくさんいました。そして、その子（男12歳）と母親と（その）恋人の3人で遊びに来ていたのでした。私の仲良くなった女の子（16歳）も、このセーターどうしたの、と聞くと、「お父さんの恋人が編んでくれた」とか、「これから母は恋人と出かける」とか、ふつうに話していました。私など、母に恋人がいたら、いやーな気持になりますけどね。

クラスの文集 Parnaso（1984）をありがとうございました。仲間40人の声が詰まっています。ドイツやフランスに比べて、北欧のそしてデンマークの誇れるものは何か。アンデルセン…そして、これらを、私の課題として、取り組んで行こうと思います。

〔彼女はロイヤル・コペンハーゲンの店長と結婚し、神戸に二人のお子さんと住んでいます。（K.A. さんからの便り）〕

ドイツ語辞典（Pauls Deutsches Wörterbuch, 1981, x, 841pp.）

　パウルのドイツ語辞典は独和辞典に比べると、引く機会はあまりない。ただ、語源が面白いので、グリム童話や方言文学などを読むときに、利用することが多い。2019年、必要があってWeltliteratur（世界文学）について調べていた。さいわい、Paulに貴重な情報が載っていた。Weltliteraturは、ゲーテが1827年1月15日の日記に書いたのが初出である。"Nationalliteratur will jetzt nicht viel sagen, die Epoche der Weltliteratur ist an der Zeit"（国民文学については多く語ることはない。今や世界文学の時代がやって来たのだ）とある。グリムの辞典のほうが本格的だが、30巻もあるので、在職中も、めったに引いたことがなかった。

　ふだんは佐藤通次の『独和言林』（白水社、1948, viii, 1063pp. vii）を愛用している。留学が同期の三宅悟さん（1935-2010）から1989年にいただいた。たくさん書き込みがある。これにない場合は小学館の『独和大辞典』（1990）を見ることにしている。これは学習院大学の橋本郁雄先生（1923-2009）からいただいた。

　Hermann Paul（1846-1921）は『言語史原理』Prinzipien der Sprach-geschichte（1880）の著者として有名で、日本から留学した上田萬年、藤岡勝二、新村出などは、みなライプツィヒに留学し、日本に帰国して、『言語史原理』を学生に講読した。パウルは、また、Grundriss der germanischen Philologie（ゲルマン文献学大系；全20巻、1913-1971）の編者として有名である。

　私（下宮）はTaschen-Paul（ポケット版パウル）と称して『ドイツ・ゲルマン文献学小事典』Taschenwörterbuch der germanischen Philologie（同学社、1995, 243頁）を書いた。

ドイツ人は**pünktlich**か（時間厳守か）1999

学習院大学独文科3年　A.I.

　私はこの夏ドイツへ行ってきました。3週間ほどGoethe-Institutに通い、週末やコース後の5日間は、あちこちを旅行しました。だから、電車に乗る機会がたくさんありましたが、よく感じたことは、ドイツ人はpünktlichなのか？　ということです。というのも、それだけ電車が正確に来なかったのです。ホームに次の電車が来る掲示板があり、5 Minuten später（5分遅れ）などと出ます。Mainz中央駅に行ったとき、列車の予定通りの到着率が電光掲示板にあり、前年度に比べて85％とありました。ドイツ人は、電車を待っている様子を見ると、あまり時間を気にしていないようでした。

ドイツとドイツ人（1991）　学習院大学独文科1年　M.T.

Alte Stadt. なんとも言いがたい、ドイツ語ならではの響き。ツェレ、ゴスラー、マールブルクの各地で昔のたたずまいを残す街を見ることができた。すれ違うドイツ人の、あの気難かしそうな顔に、古きものを大切にする国民性がよく出ていると感じた。昔の人々の生活の知恵が今もなお息づいているような気がする。ドイツ語がなぜあのような堅いイメージでとられてしまうのか、理解できたような気がする。フランス語と対照的に感じる。これからも私のお気に入りのドイツ語を楽しく学んでゆきたい。（下の絵はハーメルンの笛吹き男で、こんなものも教師には楽しい）

Der Rattenfänger von Hameln.

　彼女は、その後、ドイツで異文化間コミュニケーションのテーマで修士号（M.A.）をとり、ドイツ人と結婚し、2017年に娘を連れて新潟の両親のもとに里帰りした。

ドイツのチーズ（der deutsche Käse）2002

ドイツ語圏文化史（火1）学習院大学独文科2年　M.S.

　ドイツのチーズは年間生産量150万トン、ドイツ国内消費量がなんと98万トン。ドイツ国内のチーズのうち、個性豊かなチーズを4つ紹介します。

1.　Cambozola（カンボゾーラ）フランスのカマンベールとイタリアのゴルゴンソルラで誕生したのが、このチーズ。青カビの個性をクリーミーさで包み、食べやすくなっているのが特徴。

2.　Quark（クワルク）ドイツ市場の50％を占める人気のフレッシュ・チーズ。カッテージ・チーズ類似品で、Magerquark, Speisequark, Sahnequark の種類があり、デザート感覚で好まれる。

3.　Mamser Babette（マムゼル・バベット）クリームチーズに高級ハムを散りばめ、スモークしたグルメチーズ！　おつまみ向きの味で、ビールにピッタリ!!　合理的なドイツ人気質を表わすチーズ。

4.　Bonifaz（ボニファッツ）クリームチーズの中にペッパー、ガーリック、バジリコなどを入れ、白カビで覆ったもの。ボニファティウス大僧正の名より。クリーミー。オードブルやスナックとして。

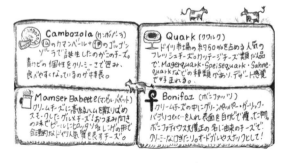

ドイツの夢街道（Traumstrassen）1995

　（留守宅へ）いま、バイロイトで、毎日21名の学生と一緒に学校へ行っています。今日は日曜日なので、のんびり洗濯したり、寝ころんだりしています。絵葉書のTraumstrassen in Deutschland（ドイツの夢街道）は複数形で、別名Die Burgenstrasse（お城街道）は単数形になっています。Mannheim, Heilbronn, Rothenburg ob der Tauber, Ansbach, Nürnberg, Bamberg, Coburgを通ってBayreuthに至り、この街道はプラハに向かっています。バイロイトは毎年8月の音楽祭に世界中から観客が集まり、「ひとときの世界都市」Die Weltstadt auf eine Zeitと呼ばれています。

ドイツへの旅（Meine Reise 2003!!）　独文科3年　Y.T.

2003年8月19日から27日まで、4通の絵葉書を貰った。

いまBayreuthにいます。浅田、池田の両名と合流しました。二人とも元気です。明日、朝1番の列車でMünchenまで行こうとしていたのですが、日本の首相、小泉純一郎がBayreuthに来るそうなので、旅はそれからにします。航空券は3か月オープンなので、延ばすこともできるのですが、宿題が多いので、帰らねばなりません。帰ったら日本食をガバガバ食べるつもりです。

今日はStuttgartからスタートしてMannheim → Heidelberg → Saar-brückenと来ました。Heidelbergの哲学者の道から見た街並みは最高です。明日、Sachsen-Anhalt州、Magdeburgに行きます。

Quedlinburgと、いまこの絵葉書を書いているMagdeburgに行きました。これで都市数は40を越えましたよ。これらは夏休みのレポートとして送っているので、よろしくお願いします。明日、Frankfurtに戻るので、それが最後になります。

T君はベルリンの壁の破片を送ってくれた（1989）。そのほか、たくさん絵葉書を送ってくれた。ぼくはドイツ語の教師を30年もしながら、足を踏み入れた都市は20ぐらいで、貴君には負けたよ。でもライン河畔はゴールデンコースなので、左岸（ヨーロッパ横断特急）も右岸（いなか列車）も、何度も乗った。中学2年のときに初めてドイツ語を勉強した藤原誠治郎著『初年生のドイツ語』（葛城書房、1948）のp.175にあるRuhig fliesst der Rhein von Mainz bis Rüdesheim.（ライン川はマインツからリューデスハイムまで静かに流れる）の実物を見たときは、感激したよ。

トゥルク（Turku）便り　　1990年7月　荻島　崇

　今年の東海大学語学研修は、デンマーク語20名、フィンランド語10名で、その10名と一緒にTurkuにいます。涼しさを通り越して寒いほどです。

［荻島さんは東海大学教授で、『フィンランド語辞典』『フィンランド語・日本語小辞典』『フィンランド語基礎1500語』（いずれも大学書林）の著書あり。定年退職後、2018年に亡くなられた。Turkuはフィンランド第二の都市で、東海大学の学生が留学している。スウェーデンに近いので、スウェーデン語を話す人も多い。Turkuは「市場」の意味で、スウェーデン語torg 'market' からの借用語である］

都市と田舎（Stadt und Land）2001

学習院大学独文科　　N.W.（卒論要旨）

　日本はドイツに比べ、都市と田舎の区分がはっきりしないと言われている。都市が連続しているからである。電車の窓から風景を見ても、どこで区切られているのか、分からない。しかし、ドイツにおいては、その区分は、非常にはっきりしている。市壁によって都市と田舎が区切られているからである。だから、ドイツ人にとって京都などは分かりやすいが、東京は、池袋や新宿などStadtの集まりのように見えるのである。図のRothenburgの略図をご覧ください。市全体がStadtmauer（市の城壁）に囲まれ、その外側の部分をVorstadt（郊外）という。

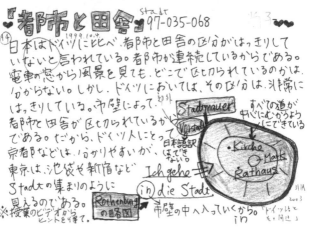

[都市と田舎、英 city and country、フ ville et campagne]

トビリシ（グルジア）からの便り（1985）

from Aleksandr Magometov（Tbilisi, 1985.2.10.）

あなたの『グルジア語の類型論』（独文、1978）を受け取りました。私の『タバサラン語、研究とテキスト』（Tbilisi, 1965）をお送りします。タバサラン語は東コーカサスに3.5万人に用いられる言語です。あなたもご存じのガムクレリゼさん（Prof Tamaz Gamkrelidze）はソ連科学アカデミーの会員に昇格しました（いままでは通信会員correspondentでした）。絵葉書の写真はムタツミンダ（Mtacminda聖なる山, mta山）へのケーブルカーです。まだでしたら、今度来たときに乗ってごらんなさい。

アレクサンドル・マゴメトフ

トビリシ（Tbilisi）からの便り（1991）

　グルジアの事情はその後も悪化する一方です。学生は熱心な者が残ってきました。ガムクレリヅェ（Prof.Dr.Tamaz Gamkrelidze）東洋学研究所所長は政治家として大変多忙のようでした。実はソ連は大変来やすくなりましたので、私費のほうが便利かもしれません。私の本はNHKブックス『分裂するソ連』です。この葉書は間もなく来日するニノさん（Prof.Gamkrelidzeの娘）に日本で投函してもらいます。1991年2月11日　トビリシにて北川誠一

　［ソ連は郵便事情が悪いため。北川氏は北大文学部助手、1981年コーカサス史研究のため在外研究員としてソ連に出張、東北大学国際文化研究所教授、『中央アジア』『大モンゴルの時代』などの著書あり。写真はトビリシのホテル・イヴェリア Iveria］

トビリシ・クラ川と河畔の並木道（1987）

　1987年10月、ソ連作家同盟の招待で、グルジア詩人イリヤ・チャフチャワゼの生誕150周年に、世界27か国からの50名がトビリシに招待された。日本からは大谷深（グルジア中世叙事詩『豹皮の騎士』の翻訳あり）、小宮山量平（理論社社長、グルジア関係の出版社）夫妻、十野栄一（東京外国語大学教授）と私の5名であった。私はそこで英国人Andrew Wardrop氏（ビジネスマン）から貴重な本Ilia Chavchavadze：The Hermit, translated by Marjory Wardrop（London 1895, 原作gandegili 1883）をHotel Iveria, Room 906で戴いた。訳者Marjory（1869-1909）はWardrop氏の叔母で、グルジアの作品と文化を西欧に伝えた。

　The Hermit『隠者』はコーカサス伝説にもとづく28章の詩。カズ

ベクQazbek山頂に一人こもって、きびしく神の道に一章を捧げた僧侶が、ある嵐の夜に、道に迷い、避難を求めに来た美しい娘に心を迷わせるという内容である。この娘の来訪は神の試みか悪魔のしわざか。英訳者マージョリー・ウォードロップは中世から近代への脱皮と解釈している。

　われわれはアエロフロート成田・モスクワ往復航空券ビジネスクラスを支給された。

　右図KuraはTbilisiを流れる川。

トレヴィの噴水（Fontana di Trevi）　独文科3年　K.H.

　いま、カメヤマさんと24泊25日イタリアの旅をしているところです。バチカン市国の郵便局で、このハガキを書いています。まだ旅は始まったばかりですが、私たちはすっかりローマの街が気に入りました。また訪れたい都市の一つになるでしょう。では、また4月にお会いしましょう。（1997年）

ROMA

Fontana di Trevi

Fontaine de Trevi

The Trevi Fountain

Der Trevi Springbrunnen

トロムセからの便り（Tromsø）1987

　ベルゲンのノルウェー語サマーコースのあと、スタヴァンゲル
Stavanger, トロムセを訪れ、ベルゲンにもう一度帰り、グリーグ博
物館（トロルハウゲン、トロルの丘）にも行きました。

　ウィーンのGertraude Schenz（シェンツ）より。

　　［Tromsøにはヨーロッパ最北の大学がある。tromは「縁（ふ
ち）、へり」、-sは「…の」、øは「島」］

2002年・夏、たった2日、11か国の異文化体験

学習院大学日本語日本文学科3年　N.T.

　今年の夏、日文科の実習で、AFSに委託された日本・アセアン連帯基金および文部科学省補助アセアン諸国高校生招致プログラムで、日本へ約1か月半短期留学してきたASEAN 10か国の高校生にホスト先へ行くまでの期間のオリエンテーションの一環として、2日間、日本語を教えた。両日とも、授業は午前中だけで、その後、昼食をとった。

　1クラスは11名。ラオス、ブルネイ、シンガポール、タイ、ベトナム、フィリピン、マレーシア、インドネシア、ミャンマー、カンボジア、そして、ここ日本。日本語教師を目指す私にとって、彼らとの異文化交流、準備も含め、日本語教授の経験は、すばらしいものとなった。

　彼らは写真が好きだった。毎日、授業後は、記念撮影。授業で回した調味料も撮りたいと言った。初日、写真を撮ったとき、彼らのかけ声は「ワン・ツー・スリー」と英語だったのが、翌日、日本語の数字を導入したあとには、「イチ・ニー・サン」だった。

　日本では「ハイ、チーズ」と言うが、彼らの国では、みな「1・2・3」だそうだ。中国語でも「yī, èr, sān」だった気がする。写真のかけ声は、口を動かして、「イー」と横に開いて歯を見せて笑い顔を作るためと、緊張をほぐすためにあると思っていたが、「スリー」と「チーズ」では、口の形が違う。

　最終日の夜のパーティでは、それぞれ民族衣装に着がえ、声高々に国歌や流行歌を歌い、堂々と、民族舞踏を踊り、「幸せなら手をたたこう」を歌った。文化は一つなのだ、と確信した。

日本語の解剖（4音節語が多い）1994

津田塾大学英文科3年　N.M.

言語学概論（金5）

　日本語には国文、英文、高卒、大卒、など4音節からなる略語が多い。4音節の略語は、日本人の耳にとても心地がいいようだ。これを分けると、1. 日本語＋日本語、2. 外国語＋外国語、3. 外国語の頭文字、4. 和洋混交、となる。

　例をあげると、

1. はなきん（花の金曜日）、英文、独文、仏文、高卒、大卒、八百長、留守電…

2. イメチェン、セクハラ、ドンマイ、ハイテク、マスコミ、ワープロ、エアコン、ロリコン…

3. CD, CM, ET, NG, OL, AV…

4. 朝シャン、絵コンテ、カラオケ、サラ金、財テク、なつメロ、ベルばら…

　これらの例が、ほんの一例にすぎないことは、日本人である私たち自身がよく分かっていることであるが、私にとっては興味深い発見であった。

　ついでに、サラ金（サラリーマン金融）のように外国語＋日本語のような単語の構成（語形成 word formation）は英語 beautiful のような単語に見られる。beauti（美）＝フランス語 beauté（美）と英語 -ful（…に満ちた）から来ている。接尾辞 -ful の例は spoonful で、a spoonful of happiness（スプーン一杯のしあわせ、落合恵子）がある。

日本で最初のグリムのメルヒェン

ドイツ語学概論（水4）学習院大学文学部独文科3年　Y.S.

グリム童話「子供と家庭のメルヒェン集」（1812）が日本で最初に出版されたのは、1887年（明治20年）管了法訳『西洋古事神仙叢話』集成社であった。そこに収められているのは、次の11話である。KHM は Kinder- und Hausmärchen の略。

KHM 57 金の鳥（Der goldene Vogel）；KHM 81 のんき者（Bruder Lustig）；KHM 39-I 小人（1）（Die Wichtelmänner）；KHM 6 忠義なヨハネス（Der treue Johannes）；KHM 133 踊って擦り切れた靴（Die zertanzten Schuhe）；KHM 9 十二人の兄弟（Die zwölf Brüder）；KHM 62 蜜蜂の女王（Die Bienenkönigin）；KHM 39-II 小人（2）（Die Wichtelmänner）；KHM 29 金の毛が三本ある悪魔（Der Teufel mit den drei goldenen Haaren）；KHM 88 歌ってはねる雲雀（Das singende springende Löweneckerchen）；KHM 21 灰かぶり（Aschenputtel）。

その他の国では、いつ出版されたのか？

1816 デンマーク語；1820 オランダ語；1823 英語；1830 フランス語。

どんなところが日本っぽい？

KHM 21 灰かぶり→シンデレラの奇縁；灰かぶり→おすす；金銀のドレス→綿の小袖；金の上靴→おどりぐつ

ネスフィールドの英文法（1900, last reprinted 1957）

John C. Nesfield, M.A.：Outline of English Grammar（revised edition）in five parts. London, Macmillan, 1957. 239 pp.

第1部は品詞の見分け方（how to tell the parts of speech）。名詞、形容詞、代名詞、副詞、前置詞、接続詞、練習問題、第2部は動詞、変化と用法、第3部はparsingと統辞論（syntax）。ここにparsingは、いまはあまり聞かない用語だが、品詞と文中における機能とあり、ラテン語pars「部分」からとある。how to parse nounsは、普通名詞か、固有名詞か、抽象名詞か、男性名詞か女性名詞か、単数か複数か、格は何か、などを調べる。第4部は文の分析（単文か複文か、単文を複文に変える、またその逆）、時制の一致。第5部は語の分析、複合語、派生語、文字、アクセント、母音と子音、不規則な複数形、語源、語尾の起原。

この本は初版1900年、何度もリプリントされ、1905, 1908, 1910年には2回もリプリントされたとある。このような成功作であるにもかかわらず、研究社の英語学文献解題第4巻「文法I」（宇賀治正朋編、2010）にはNesfieldの本書が載っていない。その苦情を研究社に知らせた（2010）。著者Nesfieldは生没年が、長い間、知られず、英語青年最終号（2009年3月号）で1836-1919と判明した。それを長い間探していた木原研三先生（1919-2008）は感動したそうだ（英語学人名辞典、佐々木達、木原研三編、研究社、1995）。語尾の起原（p.220-223）の1例をあげる。-d（1）弱変化動詞の過去分詞。アングロ・サクソン語では-tか-dだった。例：ラテン語ama-t-us（愛された）、ギリシア語Chris-t-os（聖油を塗られた）。-d（2）弱変化動詞の過去。love-d, play-ed.

人魚姫（The Mermaid, デンマーク語 Den lille havfrue）

　『人魚姫』（1837）はアンデルセンの第二の恋、ルイーズ・コリーン（Louise Collin, 1813-1898）との恋をもとに書かれた。捧げても、捧げても、報われぬ恋を、人魚姫に託したのだ。初恋のリボーウ・フォークト（Riborg Voigt, 1806-1883）に対する思いを報告すると、そうなの？　そうなの？　と妹のように熱心に聞いてくれるうちに、彼女に恋してしまった。アンデルセンがお世話になったコリーン家の中で、青い目の、一番、かわいい娘だった。彼女は、その後、1833年陪審判事（auditor）リンド（Lind）と婚約し、結婚後も、友好関係を続けた。

　下の絵は1998年「言語と文化」（木4）受講生、文学部心理学科M.C.さんの作品で、「人魚姫は、ひどく落ち込みました。王子さまを助けたのは、この私なのに」と書き込みがある。

ノイシュヴァーンシュタイン城（Schloss Neuschwanstein）

2004.9.6. Marienbrücke にて

学習院大学文学部独文科3年　Y.Y.

　ロマンチック街道の終着点、Füssen近郊にある。かつてのバイエルン王、ルートヴィヒ2世が、17年の歳月をかけて造った城である。彼は作曲家ワーグナー Richard Wagner のパトロンとして、異常なまでにオペラにとりつかれ、数多くのオペラの名場面を城の壁画に描かせた。城の名も、彼とワーグナーのオペラとのなれそめとなった「ローエングリーン」の白鳥に由来している。

　バイエルン王ルートヴィヒ2世は1868年5月13日にリヒャルト・ワーグナーに次のような文面を送っている。「私は、ペッラート峡谷に建っている、あの古いホーエンシュヴァーンガウ城の廃墟を、新しく建て直させようと思っている…大事なことは、この世で見られる城の中で最も美しい城のひとつにすることである…。」

ノルウェー地名辞典 (1980)

Norsk stadnamnleksikon, av Jørn Sandnes og Ola Stemshaug. Det norske samlaget, Oslo. 1980. 362pp.

　書名にあるstadnamnのstadはドイツ語のStadt（都市）ではなく、英語のstead（instead of）「場所」である。出版社名samlagetは「協会」（association）。地名は普通名詞から来ている場合が多いので、語源辞典にも役立つ。この辞典はノルウェーの第二の言語ニーノシュク（nynorsk, 新ノルウェー語）で書かれている。

　Osloの語源はos「神」lo「森」で、「神の森」。osは人名Oswaldオスワルド「神のごとき権力をもつ者」。loはベルギーのWaterloo「水の（湖の）森」に見える。ワーテルローの戦い（1815）。

　Bergenはハンザ同盟の都市として、1400-1700の間、Oslo以上に栄えた。語源はbjørg-vin「山の牧場」。ベルゲンには7つの丘がある。ローマにも7つの丘があった。

　Trondheim（トロンハイム）ノルウェー第三の都市。1931年以前はTrondhjem（トロニェム）と称した。語源はtrond「繁栄の、栄えた」heim, hjem「故郷」。

ノルウェーの地形とその特徴 （2003）

東海大学ノルウェー語3年　A.S.

ノルウェー北部：北極圏に属しており、夏は短く、冬は寒さが厳しい。ノルウェー、スウェーデン、フィンランドの北部で生活しているサーメ族（same）の居住地域でもある。彼らは独自の言語サーメ語を話し、ヨイク（joik）という歌を歌う。

ノルウェー西部：世界有数のフィヨルド（fjord）地帯となっている。ソグネフィヨルド（Sognefjord）は最大のフィヨルドである。これらの入り組んだ地形は、むかし、バイキング（viking）たちの絶好の隠れ場所でもあり、奥地には彼らの集落が築かれた。

ノルウェー中部：原始人が岩に刻んだ岩画などが多く残る史跡が多い地域。自然がとても豊かで、その自然の中には妖精やトロル（troll）が住んでいると信じられていた。中部の中心都市トロンハイム Trondheim は中世の都市であった。リレハンメル Lillehammer で冬期五輪が開催された。

ノルウェー南部：美しい海岸線が連なり、夏の休暇の期間には多くの観光客が国内外から訪れる。

首都オスロとその周辺：オスロは北欧4か国の首都の中では一番人口が少なく、徒歩圏内に見どころが、おさまっている。オスロ近郊のフレデリクスタッドには古い建物が保存されている。

ノルウェーの冬景色（1983-1984）

　ノルウェーのクリスマスカードで、1984年1月、オスロ郊外に在住の Prof. Dr. John Ole Askedal から送られたものである。

God jul 'good Christmas' と左上に書いてある。

With my very best seasonal greetings, John Ole Askedal

　英語 Christmas は「キリストのミサ」、ドイツ語 Weihnachten は「聖なる夜に」（複数与格）、フランス語 Noël「誕生日」（キリストの誕生日、ラテン語［dies］natalis）と、それぞれ異なっている。北欧のクリスマスは jul といい、古代ノルド語 jól 'Julfest'（複数中性）。Jan de Vries の『古代ノルド語語源辞典』（E.J.Brill, 1962）によると、ゲルマン語 *jehwla, *jegwla, 印欧祖語 *jek" で、スウェーデン語 jul からフィンランド語 joulu に入った。Theodor Möbius, Altnordisches Glossar（Leipzig, 1866, Darmstadt, 1963）に das Julfest, die Vorfeier der Wintersonnenwende, das bedeutendste Fest des heidnischen Nordens, an dessen Stelle seit Einführung des Christenthums das Weihnachtsfest trat（ユール祭りは冬至の前祝いで、異教時代の北欧の最重要の祭りであった。その後、キリスト教の伝来とともに、クリスマスの祭りとなった）とある。

ノルウェー文学の魅力 （2003）

　東海大学ノルウェー語科3年　M.N.

　ノルウェーの民話（eventyr）に出てくる妖精（fe）とトロル（troll）は、とても興味深いです。「実は、この2つは、もとは1つのものだった!?」そんな両者が出てくる民話が、おもしろくないわけがない！　見比べてみると、本当に楽しい！　何か新しい発見もきっとあるでしょう。また、神話（myte）を読んでみるのもよいです。日本（Japan）には、ない、はなやかさと粗野さをあわせもっていると分かるはず！　それが、なんとも嬉しいではないですか！

ハーメルン（Hameln）2003

ドイツ語学概論（火4）学習院大学ドイツ文学科2年　Y.A.

ハーメルンはネズミ捕り男の伝説がいまも漂う町です。

伝説：ドイツの北の町、ハーメルンに、1284年のある日、派手な色の服を着た奇妙な男がやって来ました。町のネズミを1匹残らず退治してあげよう、と言ったのです。ちょうどペストの脅威におののいていた町は、多額の報酬を約束しました。男は、持っていた笛を吹きながら、町を練り歩きました。すると、町のネズミどもが、笛の音に誘われるように、男のあとについて行きました。そして、男がヴェーザー川に入ると、ネズミも後を追って、沈んでしまいました。町は要求の報酬が高すぎる、と言って、男に払いませんでした。同じ年の6月26日、復讐のために、男が町に戻って来て、笛を吹きました。すると、今度は、ネズミではなく、子供たちが、男のあとをついて行き、そのまま、帰って来ませんでした。

歴史：このころ、ハーメルンは人口増加のために、エルベ川の東、プロイセン地方へ、東方植民がさかんに奨励されていた。ペストと植民という二つの理由から、笛吹き男の伝説が生まれたらしい。ハーメルンは商業の町として1426年から1572年までハンザ同盟に加入していた。そして、30年戦争を経て、製粉の町として地位を固めて行った。町の防衛も、クリュートの丘を要塞化し、「北のジブラルタル」と呼ばれるほどに強化された。そして、ヴェーザー河畔のルネッサンスの花咲く町として、栄えた。

ハーメルンの笛吹き男と子供たちの演劇が行われ、昔の言い伝えを今日に伝えている。

『ハーメルンの笛吹き男』に見る中世の市民 （2003）

学習院大学ドイツ文学科2年　A.B.

ドイツ語学概論（火4）

　グリム童話の一つに『ハーメルンの笛吹き男』という物語があります。これはネズミの害に困っていた町が、笛吹き男に報酬を約束したのに、いざ、ネズミを退治してしまうと、約束を守らなかったので、男は再び町にやって来て、今度は、笛を吹きながら、町の子供たちを連れ去ったのです。史実として、1284年6月26日、聖ヨハネの日に、130人の子供が消えたという事件がありました。

　子供の十字軍、舞踏病、疾病、盗賊による誘惑など、さまざま原因が考えられました。

　しかし、有力なのは「東方移民」です。13世紀、都市が誕生し、貨幣経済が浸透して、貧富の差が広がったころ、下層市民が土地と希望を求めて、東方へ移民して行った事実と一致しています。ロカートル（locātor, 語源はlocus 場所）と呼ばれる植民請負人が植民希望者130人を集め、65組の男女がハーメルンで結婚式を挙げ東方へ移住しました。いま、日曜日、町の広場で市民が『ハーメルンの笛吹き男』の野外劇を演じます。

ハイジの故郷Maienfeld（1996）

言語学概論（金5）津田塾大学英文科2年　F.K.

　『アルプスの少女ハイジ』の作者、ヨハンナ・シュピーリは、はじめ、自分のためだけに思い出を綴っていて、文筆が自分の天職だなどとは思ってもいなかった。たまたま彼女の友だちの父親で、北ドイツに住むフェルトという牧師が彼女の隠れた才能を見いだし、シュピーリは自信がないままにJ.S.という匿名で処女作「フローニーの墓の上の一葉」を出版したところが、大反響を呼んだ。その後、子どものための本として1878年に「子どもと子どもを愛する人たちのための物語」（第1巻）を出版。これの第3巻にあたるのが「ハイジの修業時代と遍歴時代」であった。シュピーリを育て、詩心を培ったのは、遠く見あげればグレルニッシュの雪山が厳しく光り、眼下を見おろせば緑の牧草地の斜面の下に銀色の小川が流れている。生まれ故郷ヒルツェルは山村である。

　図の左の下をご覧ください。ライン川が流れています。

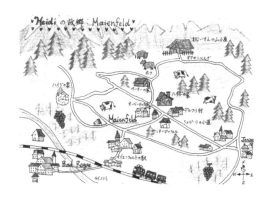

ハイジの故郷マイエンフェルト（Maienfeld）1998

　東京家政大学（言語学概論、金1）英文3年　Y.S.
課題（2行詩）

　子供しかるな、来た道だから…

　老人笑うな、行く道だから…

　なかなかの作品ですね。子供を、老人を…です。

　2行詩には、こんなのもありました。とてもじょうずです。

東海大学デンマーク語科1年　S.H.（1994）

　人魚姫、泡になっても王子を愛す。

　シンデレラ、鐘が鳴っても王子を愛す。

ハイジの里 Maienfeld（2002）

津田塾大学3年　M.K.（言語学概論、金5）

　私の絵をご覧ください。下からマイエンフェルト駅、ハイジの冬の家、ハイジの泉、ペーターの山小屋、おじいさんの山小屋、が見えますね。左の下には、ライン川が流れています。マイエンフェルトでは、物語（フィクションですが）や作者 Johanna Spyri（ヨハンナ・スピーリ：スイスのドイツ語では y はイーと読む）ゆかりの場所を巡るハイキングコースが作られています。

《参考文献》　新井満・新井紀子『ハイジ紀行』白泉社

　　　　　　　『JTB のポケットガイド 105 スイス』日本交通公社

ハイジの手作りチーズ（2002）

青山学院大学文学部日本文学科3年　I.T.

（比較言語学、金3）

　ハイジがアルムの山小屋に来て、一番最初にとった食事が、ヤギの乳と厚切りのパン、そして、おじいさんの手作りのチーズだった。大きなチーズのかたまりが火にあぶられて、バターのように、とろりととけ、パンに塗られる。なんと、おいしそうなこと！

　スイスの山には、いまも、昔ながらのチーズ作りをしている人がいる。毎年6月になると、牧童たちはヒツジを連れて山に登り、夏の間、家畜に草を食べさせ、乳を搾り、チーズ作りに励む。

(1) 温めた乳をゆっくりかきまわす。

(2) 固まった脂肪を布で掬い取る。

(3) 丸い型に入れ、重石をする。

(4) 型から抜く。

(5) 部屋で寝かす。

　型から出された平たい円筒のチーズは、塩水に浸したあと、3か月寝かされ、薫り高いアルプスチーズとなる。チーズの小さな空洞は「恋した乙女の輝く眼」と呼ばれる。

ハイデルベルク　2004年9月28日

（火4）ドイツ語学概論

学習院大学文学部独文学科3年　Y.Y.

Ich hab mein Herz in Heidelberg verloren（ハイデルベルクで失恋しました）と絵葉書にありますが、これは私のことではありません。下の絵葉書をご覧ください。

授業の中のビデオで見た景色を実際に目の前で見ることができ、とっても感動しました。念願のローテンブルクにも行けました!!とても嬉しい。Schneeball も食べてきました。Rüdesheim から St.Goar までライン川遊覧船に乗りました。

ウィーンではデーメルではなく、ザッハーのザッハトルテを食べました。おいしかったですよ。

バイロイト夏期ドイツ語講座（1995）

　1995年7月31日から8月27日まで、バイロイト夏期ドイツ語講座に、学生21名を、助手の加藤耕義君と一緒に引率して参加した。参加の学生は独文14名、他学部7名であった。講座の責任者はDr. Wolf Dieter Otto, その夫人はLee Dong-yae（李東哉）で、韓国の大邱（テグ）で知り合ったとのことだった。午前中はドイツ語、午後は町の見学、夕方は酒場（Kneipe）などに案内された。バイロイト市長の歓迎レセプションでは独文3年生のKさん、Mさん、Yさんのスピーチが大成功だった。

　私自身の収穫は古本屋でFritz Reuters sämtliche Werke, Bd.1,2, 3,4,5 合本（Leipzig, 1904）DM 4 を購入できたことだった。付随しているロイテル辞典がほしい。Reuterフリッツ・ロイテル（1810-1874）は低地ドイツ語作家で、渡辺格司の翻訳と研究がある。

バイロイト大学のサマーコースに参加して（1999）

学習院大学独文科3年　Y.K.

ワーグナーのバイロイト音楽祭で有名なBayreuthは想像していたより小さな町だった。このサマーコースは日程表も立派で、充実したプログラムが組まれていた。私のGastfamilieは明るく、気さくな方だった。

授業の初日にクラス分けテストで7 Stufenに分けられた。クラスの人数は10人から14人。日本人の配属はGrundstufe 1 が一番高く、6割もいた。時間割は午前9:00-12:30（休み時間1回あり）がドイツ語。午後（日本の3時限から5時限）は会話、文学、映画鑑賞、スポーツ、散歩（Wanderung）から選ぶことができる。

週に1度、先生たちと一緒に町のKneipeやビアガーデンに飲みに行く（これも授業）。毎週金曜日には大学でKurspartyが行われる。毎週、土曜日には、Ausflugがある（参加はfreiwillig）。

私は毎日のスケジュールをこなすのが、やっとで、家で机に向かったことは、ほとんどなかった。その理由の一つは、タフでパワフルなスペインの友人といつも一緒だったからだ。彼らは夜に4時間ほど寝て、授業のあと、2〜3時間のお昼寝（シエスタ）をする。このお昼寝が、夜、十分に寝ていない分だけ、熟睡できるらしい。そんな明るく元気なスペイン人8人＋日本人1人（私）でPragへ出かけた。昨年スペイン語を少し勉強していたおかげで、なまのスペイン語をドイツにいながら聞き、話すことができた。私にとってバイロイトはドイツ語の上達よりも、スペイン語の、よいÜbungだったかのようだ。今度はスペインの語学学校で学ぶべく、計画中である。¡Así es la vida!（それが人生さ！）と彼は言ったっけ。

パカとバカ （paka and baka）

　朝鮮語は日本語と清音と濁音が逆になるように思われる。中学時代、私は東京都の町田に住んでいたのだが、近所の朝鮮人の子供は「バカ」を「パカ」と言っていた。2008年7月、第18回国際言語学者会議がソウルで開催され、帰国の時に、インチョン空港でJALはどこですか、と尋ねると、チャル。あそこです、と答えた。日本語の下駄が朝鮮語ではケダとなるそうだ。

　もと国連事務総長（1944-）パン・ギムン潘基文は横文字でBan Kimoonと書く。ケネディをあこがれてアメリカに留学した。東洋人で国連事務総長になったのは、ビルマのウ・タントU Thant以来である。リビアの政治家カダフィの横文字はQadhafi，Kadafiと Gadhafiと両方あるらしい。

　横浜の中華街の店主が、お客さんに向かって「おあしはいかがですか」と尋ねていた。「お味」である。

博言学文庫（Bibliothek der Sprachenkunde）

　このシリーズは180頁の外国語入門書で、「最短の時間で外国語を理解し、会話と文語を習得するための自習書」とあり、叢書名は『多言語習得術』Kunst der Polyglottie となっている。出版社は Wien & Leipzig の A.Hartlebens Verlag で、1900年ごろが最盛期であった。1923年の『ルーマニア語』の巻末リストに129言語が載っている。手元にあるのはスラヴ諸語比較文法、サンスクリット語、東アルメニア語、グルジア語、ブルガリア語、ノルウェー語、エスペラント語である。この叢書の欠点は Glossar がないことである。書名の比較文法は、この叢書ではめずらしい。

　博言学（Sprachenkunde）は1886年、東京帝国大学に博言学科が設置されたときの名称で、1899年「言語学」に改称された。

　最初に購入した『スラヴ諸語比較文法』（Vergleichende Gram-matik der slavischen Sprachen, 出版年不明、これもこの叢書の不便）の著者 Václav Hrubý（ヴァーツラフ・フルビー, 1856-1917）は Trieste の Realschule（実業学校）教授で、序文によると、チェコ語で出した本が好評で、ドイツ語版もほしいという要求に応じて書いた。音論、文法（形態論、統辞論）、語形成、慣用句、興味深いテキストからなり、実用的であることを目指している。なぜかスラヴ語関係の文献には載っていない（無視されたらしい）。私は1980年コペンハーゲンの Paludan で購入した（15 dkr.=400円）。

　その中から「子どものメガネ」（p.147）を紹介する。息子が父に言いました。「お父さん、ぼくにもメガネを買ってよ。ぼくも読みたいんだよ」「よしよし、買ってあげるよ。だけど子どものメガネだよ」と言って、息子に ABC 読本（bukvár'）を買ってあげました。

バナナ、ビール、ピーチ（OEDで単語調べ）2003

　東京家政大学3年　S.S.（言語学概論、金1）

Oxford English Dictionaryで banana, beer, peach を調べました。（早朝の授業だったが、30人ほど学生がいた）

banana. 語源：ポルトガル語とスペイン語、西アフリカの言語より。定義：熱帯、亜熱帯の樹木で、大きな葉と食べられる果実を持っている。例：I bought a bunch of bananas yesterday.

beer. 語源：M.E. ber(e), O.E. bēor. ラテン語 biber（飲み物）. 定義：モルトとホップから作るアルコール飲料。例：Life is not all beer and skittles.（諺）人生は飲んだり遊んだりばかりじゃない。

peach. 語源：M.E. peche. 古代フランス語から。ラテン語「ペルシアの（リンゴ）」persicum（mālum）定義：桃色の、やわらかい果実。用例：Peach tree is a symbol of a marriage and a relief.

　〔Sさんは、なかなかの才女で、別の授業のとき、もし人魚姫が王子さまと結婚できたら、どんな子どもが生まれたか、という課題を出したときの解答は「きっと金髪で、美人で、泳ぎがうまい女の子が生まれていたと思います。」（2004.1.16.金）〕

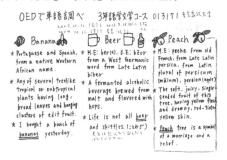

母をたずねて三千里（1994年夏）

学習院大学文学部日本語・日本文学科4年　K.I.

ヨーロッパの言語と文化（火2）

母をたずねて三千里は、ハイジとともに、私が、夢中になった童話の一つだ。作者はイタリアの作家エドモンド・デ・アミーチスEdmondo de Amicis（1846-1908）で、この名前デ・アミーチスは「友だちの中の」という意味だそうだ。このお話は、『クオレ』（愛の学校）の一節で、主人公、小学校4年生のエンリーコの1年間の学校生活を日記の形式で描いた中の「先生のおはなし」の一つである。クオレは英語のハート（こころ）である。

原題は『アペニン山脈からアンデス山脈まで』。アニメの中でマルコは9歳であったが、本では13歳という設定になっている。主人公マルコの旅はイタリアのゼノアからアルゼンチンのブエノス・アイレスBuenos Aires（スペイン語で「よい空気」スペイン人が到着したとき、そう感じたのだろう）→ロザリオ→コルドバ→ツクマンTucumánで終わる。そして、ツクマンでマルコは無事、お母さんに会うことができた。

マルコは、途中、ペッピーノ一座の少女フィオリーナFiorinaに会うのだが、この名前はイタリア語フィオーレfiore「花」の派生語で、日本の「花子」にあたる。-ina は ballerina にも見える。

右はマルコの旅で、大西洋を船で渡った。

パリ便り (1997)

　(留守宅へ) パリの会議宮殿 (Palais des Congrès) で1997年7月20日から25日まで、第16回国際言語学者会議 (16th International Congress of Linguists) が開催され、ぼくは日本言語学会の代表として参加しています。最初の日、この会議のトップ、Prof. Robins (London) が1人でいたので挨拶すると、You are my first visitor. と握手を求めました。参加者は73か国からの1,223名で1982年の東京1,448名より少ない。夏は学会シーズンなので、ほかと重なるのでしょう。この会議の報告は、帰国後、『言語研究』に記します。ぼくはForeign Influence on Japanese and vice versa (日本語における外国語の影響と日本語が外国語に及ぼした影響) を発表の予定です。

　パリの地下鉄について記します。ラッシュアワーの混み具合は東京の半分で、運賃は、回数券を購入すると片道90円なので、東京よりずっと安いです。

　絵葉書の絵はドラクロワの「パレ・ル・モニアル」で有名のようです。Michel Delacroix, L'Abbaye de Paray-le-Monial

バルセロナより（Barcelona）1993

東京家政大学英語英文学科　N.T.（言語学概論、金1）

英語学特講（＝言語学概論）の最後の授業が終わってから、10日ほどたちますが、私は、いま、バルセロナに来ています。今日はモンジュイック（Montjuic, ユダヤの丘）やグエル（Güell）公園、聖家族教会などを見てきました。スペイン語で知っている単語に巡り会って、嬉しかったです。Gracias（グラシャス、ありがとう）、Adiós（アディオス、さようなら）など。2年間の授業の効果は大きいです。これからも楽しい授業を続けてくださいね。

Barcelonaにて、1993年3月。

ハワイ語を勉強しました（1998）

青山学院大学文学部英米文学科3年　R.I.（比較言語学、金3）

ハワイ（Hawaii）：アメリカ合衆国第50番目の州。公用語は英語とハワイ語。2つの公用語をもつのは、米国内でハワイ州のみ。

ハワイ語（Hawaiian）：東ポリネシア語に属する。500年ごろに移住してきたポリネシア人の言語。19世紀になって、宣教師が布教のために、アルファベットに当てはめた。ハワイ語は世界で最も少ない数のアルファベットで表現される。母音アルファベットa, e, i, o, u, 子音h, k, l, m, n, p, wの合計12個。発音はローマ字読みでよいが、例外的に、母音にはさまれたwはvの音で発音される。Hawaiiがハヴァイと発音される。いまハワイ語を日常的に使っているのはニイハウ島（個人所有、部外者立ち入り禁止）と、わずかに残っている先住民のハワイアンコミュニティの住民のみ。

実践：よく見かけるハワイ語。

aloha［アローハ］（ロにアクセント）こんにちは。loveの意味もあり、'with a warm aloha' と手紙に書く。

mahalo［マハロ］= Thank you.

kane［カネ］トイレでmale；wahine［ワヒネ］female

hale［ハレ］= house. 私が住んでいたのはhale Manoa（マノアの家）という寮。Manoaは地名。

特徴：ハワイ語には、自然、神などに関する語が多い。「手」を表すlimaは「5」と同じ意味。

現在、ハワイの人口のうち、34％が白人、27％が日本人（日系人を含む）、18％がハワイ人で、混血も、さらに進む。ハワイ語は生き延びられるのでしょうか。

バンコクからの便り（1991）

　先日、学習院大学のキャンパスでお会いしたときには、ビックリ
したよ。1965年9月・10月、ドイツのブリロンのドイツ語学校をな
つかしく思い出しました。帰国した仲間は、みな、それぞれ元気に
活躍している。先日は公用で東京へ行ったが、今度は、ゆっくり観
光に来たいと思っている。Kiat Chivakul（キヤト・シバクル）

［ブリロンでは日本人5人、タイ人10人を含む70人がドイツ語を学
んでいた。Kiat君はベルリン大学で都市計画のテーマでドクトルを
取り、チュラロンコン大学の都市計画学部 Dept. of City Planning の
教授をしている。この大学は日本の東京大学にあたる］

パンの展覧会みたいでしょう（1998）

津田塾大学英文科3年　A.A.（言語学概論、金5）

なんとおいしそうなパンのカタログでしょう。パンはフランス語 pain のはずなのに、その単語は、どこにも見えません。英語の bread もありません。loaf が見つかりました。Bran loaf, Farmhouse loaf, Vienna loaf, Daisy loaf, Woodcutter loaf, Hedgehog loaf, Marrow-seed loaf, Millet loaf, 6-grain loaf… loaf も bread も英語ですが、「パン1個」は a loaf of bread というのです。日本語では麺麭（めんほう）と言いました。

ピース・ボート（**Peace Boat**）で世界半周船の旅

津田塾大学（言語学概論、金5）　A.K.

　2000年6月25日、私はカイロに向け成田を出発した。Peace Boat
という世界一周の船旅を行っているNGOに合流するためである。
すでに5月22日に東京を出港していた船オリビア号は、アジアをま
わり、スエズ運河を通ってポートサイドというエジプトの港町に停
泊している。私は夏休みを利用し、そこから残り半周を旅すること
にしたのである。

　寄港地は全部で10か国。エジプト、イスラエル、クロアチア、
ギリシア、イタリア、スペイン、キューバ、パナマ、メキシコ、カ
ナダを経て、2か月で東京に帰ってきた。どの国も、それぞれ魅力
的だったが、一番印象に残っているのはイスラエルと、検問を越え
て行ったガザの難民キャンプである。テレビや新聞でしか知らない
中東問題、民族間の摩擦がそこにあった。今も地球にはたくさんの
民族、宗教、文化、そして言語がある。それを自分の肌で実感でき
たことで、少し自分の視野が広がったように思う。素晴らしい体験
ができた2か月間だった。[dubは「樫」：イタリア名Ragusa]

　写真は「アドリア海の真珠」と呼ばれるクロアチアのドブロブニ
クで、町全体が世界遺産
に登録されている美しい
町で、大理石の道路とオ
レンジ色の屋根、穏やか
なアドリア海が印象的
だった。

ビールの町 München（ビールの製法と種類）2002

学習院大学文学部独文学科　N.I.（火1、ドイツ語圏文化史）

　ミュンヘンには大手5社のビール工場があるが、最近では地方色豊かな、個性的なビールが作られるようになってきた。その中でもよく耳にするのがヴァイツェン（Weizen, ホワイト）ビール。小麦を主とした原料から作られる。小麦は比重が軽く、水に浮いて発酵するためにこう呼ばれる。軽く濁った色合いと、かすかな甘味みを含んだ味、やわらかく白っぽい泡立ちが特徴。一方、二条オオムギを主原料として作られるのが下面発酵のビール。水に沈んで発酵するので、この名がある。いわゆる一般的なビールだが、ここではドゥンケルス（dunkels）と呼ばれる黒ビールが有名。そんな多彩なビールが、ビンでも缶でもない、生で味わえるのがビールの都ミュンヘンの面目躍如といったところだ。さらに、お祭り期間限定のフェストビアなども有名。

（ノイシュヴァーンシュタイン城、白鳥城）

ピョートル大帝（Peter der Grosse）2002

ドイツ語圏文化史（火1）学習院大学独文科1年　M.T.

ロシア皇帝として1682 ～ 1725年まで在位する。ロシア絶対主義の確立者で、自ら西欧へ視察に行き、西欧文化を大胆にロシアに取り入れ、ロシアの近代化・西欧化に努めた。

業績：1689年、清国とネルチンスク条約を結ぶ。

1696年、トルコからアゾフを奪う。

1700 ～ 1721、北方戦争。

1721年、ニスタット条約でバルト海沿岸を獲得。

「すべてのロシア史はピョートルに注ぎ、すべての近代化はピョートルから発する」

［Peter, Pierre, Pëtr=Pyotrの語源はギリシア語pétros「岩」］

ピロスマニ（Niko Pirosmani）2005

　ニコ・ピロスマニ（1862-1918）はグルジアの画家で、孤高の画家、放浪の画家と呼ばれる。NHK教育テレビの日曜美術館で、グルジアの画家ピロスマニの特集をしていて、その後、埼玉県立近代美術館で日本初公開のモスクワ市近代美術館蔵のピロスマニ展を見て来た汁智子さんから、この絵葉書をいただいた。彼女は新宿朝日カルチャーセンターの私の授業に来ていた。

ピロスマニの「みなさん、ようこそ」

ファドゥーツ（Vaduz）1992年7月

学習院大学独文科3年　Y.F. & M.S.

わたくしたちは、いま、リヒテンシュタイン（Liechtenstein）の首都 Vaduz に来ています。ここはヨーロッパで最小の観光国です（人口3万）。昨日までスイスにいたのですが、スイスのドイツ語は全くわかりません。でも、そのおかげで、夏休みのレポートが書けそうです。明日からオーストリアに行きます。　　　　　　　Y.F.

ここは、とっても、先生にあう街です。来てよかった！ Bern の本屋でおみやげを買いました。楽しみにしてください。お土産話をたくさん持ち帰ります。　　　　　　　　　　　　　　M.S.

［注］Vaduz はラテン語 Val「谷」、duz は deutsch で、ドイツの谷の意味です。絵葉書の Fürstentum は「公国」。

フィヨルド（fjord）2008

　ノルウェーもフィンランドも自然の中に存在し、栄えている福祉国家である。フィヨルドは、まさに、自然そのものの景観を示している。オスロの友人Askedal氏が2008年8月、ソウルでの国際言語学者会議のあと、贈ってくれたFjorde in Norwegen（ドイツ語で書かれている）の中の　枚を掲げる。アドルフ・ティーデマンとハンス・グーデの「花嫁のハルダンゲル渡し」Brudeferden i Hardanger（Brautfahrt im Hardanger, 1848）をご覧ください。

　fjordは英語fordと同じ語源で、Oxfordは「牛の渡瀬」の意味でギリシアのBosporos（bos牛, poros渡瀬）と同じ命名法である。語根for-, por- は「行く」の意味で、英語farewellは「元気で行きなさい」の意味である。ドイツ語fahren「乗り物で行く」。por-の例はギリシア語poreú-omai私は行く、hippo-poreúō私は馬で行く、に見られる。

フィンランド便り（2000）

　津田塾大学2年（言語学概論、金5）　R.T.

　森と湖に囲まれた、オーロラと白夜の国。フィンランドという国を思い浮かべて、瞬時にでてくるイメージといったら、それくらいではないだろうか。サウナの発祥地であること、サンタクロースが住んでいること、ムーミンの原作者がフィンランド人であることは、意外と知られていない。今でこそ、キシリトール効果で、やや馴染みのある国になりつつあるが、私が留学した5年前は、フィンランドの場所が分からない人、英語圏だと思っている人がけっこういた。こうして、高校時代に必死になって学んだフィンランド語だが、とにかく、語尾変化に富んでいるために、相当苦労した。「少年」poikaが「少年の」pojanとなり、kが消える。「教会」kirkkoが「教会の」kirkonとなりkが一つ消える。「私は見る」näenが「彼は見る」näkeeとなり、kが出てくる、といった調子で、変化が大変だ。in HelsinkiがHelsingissäのように、格語尾で表わされる。日本語の「ヘルシンキにて」と同じである。フィンランドはSuomiという。ハンガリーをMagyarというのと同類である。

Suomi Finland

ブラジルについて（1999）

青山学院大学文学部英米文学科　A.N.（比較言語学、金3）

去年からブラジルに駐在している父を訪ね、幼少のころ住んでいたブラジルに3週間行って来ました。飛行機で24時間もかかるサンパウロは、想像もつかないという人も多く、街にサルが出ると思われたりもする。国民は世界中からの移民で構成され、まさに人種のルツボだ。アジア人も多いので、ジロジロと物珍しく見られることはない。しかし、やはり雰囲気が違うため、金目のものは身につけないなど、自分を守る意識が必要だ。ストリートチルドレンも多く、貧富の差が大きいことが問題になっている。

ブラジルでは、どこでも路上市場（feira）が開かれ、私の家の近くでは毎週2回あった。食べ物の物価が安く、作っている人に申し訳ないほどだったが、お肉や果物が大変おいしい。

世界三大滝の一つ、イグアスの滝（Cascata do Iguaçu）へ家族と旅行した。今度で3度目だが、それでも、自然の偉大さを感じた。滝はアルゼンチン側にもあるため、このあたりでは、スペイン語も通じる。この2か国語は似ているので、理解しやすい。ポルトガル語 Um momento, por favor（少々お待ちください）はスペイン語でも、ほとんど同じ Un momento, por favor である。別れ際に言う Tchau（チャウ）はアルゼンチンでも使われる。「ありがとう」はスペイン語で Gracias（グラシャス）だが、ポルトガル語では男性が言う場合は Obrigado（オブリガード）だが、女性が言う場合は Obrigada（オブリガーダ）という。これは、英語で言えば I am obliged という過去分詞にあたるからである。会話で、文の最後に -ne をつける。日本語の「ね」と同じ調子である。

プラハ城〔Mein Reiseplan － Tschechien〕2002

ドイツ語圏文化史（火1）学習院大学独文科2年　T.K.

　ヴルタヴァ川（Vltava）の西岸、フラッチャニ（Hradčaný）の丘
の上からプラハの市街を見渡せる歴代王の居城。9世紀半ばに城の
建築が始まって以来、幾多の変遷を経て、14世紀のカレル4世の治
世に現在の偉容がほぼ整えられた。城壁（der Wall）に囲まれた広
大な敷地には、旧王宮（der alte Palast）、教会（die Kirche）、修道院
（das Kloster）などが立つ。また、建物の一部を利用した博物館
（das Museum）や美術館がある。この博物館は王宮美術館、おも
ちゃ博物館、国立歴史博物館が入っている。

Mein Reiseplan. Diesen Sommer gehe ich nach Deutschland und Tschechien.（私の旅
行計画。この夏、私はドイツとチェコへ行く）

フランクフルト・アム・マイン（Frankfurt am Main）

　ドイツ、いや、ヨーロッパへの玄関である。「マイン河畔の」という形容句がついているのは、オーダー河畔のフランクフルト（Frankfurt an der Oder, 旧東ドイツ）と区別するためである。

　言語と文化（水3時限）文学部日本語日本文学科1年 T.A.

　レポートは、ベルリン、フランクフルト、ハイデルベルク、ミュンヘン、リューデスハイム、ウルムの写真の切り貼り作品になっている。Franfurt am Main には Euro City の形容句がついている。

　2000年3月27日〜4月4日。ドイツに旅行に行った。若い人には英語が通じるが、通じない人もいる。英語の通じないウェイトレスは、炭酸水をもってきてしまったので、しかたなく飲んだ。あまり口に合わない気がした。

フランクフルト滞在記 (2000)

学習院大学文学部独文科2年　K.M.（ドイツ語学概論）

フランクフルト3泊5日での旅行で実感したことを、このレポートで記そう。私が「なま」のドイツ語に触れて感じたことは、話すスピードが、とても速いことだ。テレビはもちろん、ホテルの人、レストランのウェイター、みな話すスピードが速すぎて、何度もWie bitte? と聞き返してしまった。しかし、一度聞き返すと、特にホテルや観光スポットの店の人は、たいてい英語で説明し始めるので、英語が苦手な私には、少なからずハードだった。それに対して、小さな店の店員や、Caféのウェイターなどは、英語を使わず、ゆっくりドイツ語で繰り返してくれたので、非常に助かった。

また、übervölkernという、あまりなじみのない動詞を耳にしたとき、一瞬戸惑ったが、übervollという形容詞を覚えていたおかげで、意味を推測し、対処することができた。派生語は重要だと自覚できた。［übervölkernは人口過剰、übervollは満員］

フランス語辞典

Le Petit Larousse Illustré, en couleurs, 87,000 articles, 5,000 illustrations, 321 cartes. Larousse, Paris, 2005.

新宿の紀伊國屋書店で、2006年に購入した。6300円。どの家庭にも1冊ある辞典で、広辞苑やパウルのドイツ語辞典にあたるものだが、ラルースの辞典は、図版が豊富で、それが、とても美しい。花、動植物、パン、食品、鉄道、地図、そのどれも美しく、見るだけでも楽しい。内容は1133頁（普通名詞）、1135-1826頁（固有名詞）、1843-1850頁（各種地図）となっていて、中とじ（ピンク）にラテン・ギリシア引用句（ab urbe conditā ローマ建設753BCより数えて）、ことわざ（La nuit porte conseil 一晩寝れば知恵が出る）、歴史的な言葉（L'État, c'est moi. われは国家なり、ルイ14世；Français, souvenez-vous! フランス人よ、忘れるな。1942-1944年、7万人のフランス人、1万1千人の子どもを含む、がナチスのより連行され、殺された；パリ東駅）がある。固有名詞が豊富。ヨーロッパの歴史地図にMésie（モエシア Moesia、4世紀ゴート人、ウルフィラがギリシア語聖書をゴート語に訳した）があり、私は初めて見た。簡単だが、語源もある。日本語からの借用語はbonsai（bōzai ボンザイと発音）、geisha, haiku, ikebana, kabuki, kaki（柿）、mousmé（娘、Pierre Lotiが導入し、Proustも用いた Elle a l'air d'une petite mousmé 彼女は娘のような風情をしている）、koto, sumo, sushiなど72語が載っている。日本の地名や人名も充実し、Koizumi Junichiro, Miyake Issei, Nakasone Yasuhiro, Sato Eisaku, 地名Machida, Matsushima, Tokorozawaなど。Tokyoは12行、1923年地震、1945年爆撃で破壊した、とある。

フランダースの犬・現代版

ドイツ語学概論（水4時限）レポート 独文科3年　M.T.

　やさしいおじいさんが天国へ召され、家賃の滞納により家主に立ち退きを命じられたネロに残された最後の希望、絵画コンクールに与えられる賞金200フランも、ついに手に入れることは出来ませんでした。「いっさいが終わってしまったのだよ、パトラッシェ」。飢えと寒さに震えながら、ネロは絶望の暗い雪道を歩いて行きました。すると、突然、パトラッシェが吠えながら地面の雪を掘り始めました…雪の中から出てきたのは、落とし主のわからない大金2,000フラン紙幣の入った袋でした。意識を失いかけたネロには、もう警察に袋を届ける気力もありません。死を悟ったネロはパトラッシェと一緒に、大伽藍の、まだ見ぬルーベンスの絵に向かって歩いて行きました。夜のクリスマスのミサが終わった聖堂の入り口には、寝る場所も食べる物もないアントワープの孤児たちが大勢、神さまの救いを求めて集まっています。

　ネロは自らが他人のお金に手を出す罪人になることを覚悟して、かわいそうな子供たちにお金の入った袋を差し出しました。

　「これで温かいものをお食べ。」これで消えかけていた子供たちの命は救われました。

　ルーベンスの描く月明かりに照らされたイエスさまの神々しい姿を見たネロは、強い衝撃を受けました。

　「ぼくもこんなすばらしい絵を描きたい、決して死にたくはない。」ネロは弱ったパトラッシェと強く抱き合いました。二人は、たがいの身体を必死にあたためあい、なんとか朝まで持ちこたえることができたのです。

2,000フランを失ったコゼツ旦那は、若いころの貧しい生活に戻ってしまいましたが、貧乏なネロの、これまでの苦しみを、ようやく理解し、アロアとの交際を穏やかに見守るようになりました。

　落選した少年の素朴な絵に才能を見出し、援助を名乗り出ていた審査員の高名な画家は、死にかけていたネロとパトラッシェをルーベンスの絵の前で発見しました。

　まだ幼いネロが、人間の原罪の一切を背負って身代わりとなったキリストになる必要はなかったのです。（絵はオマケ）

ネロとパトラッシェ：ぼくたちは死ぬまで一緒だよ。

ブリテン島（Britain in the 6th, 7th and 8th centuries）2003

東京家政大学英文科3年　S.S.（言語学概論、金1）

スコットランドにはピクト人（Picts, ケルト系）が住んでいた。

ブリテン島もケルト人が住んでいたが、6世紀以後、アングロ・サクソン人が侵入して、ケルト人を追い出し、居住した。

1. Northumbria：Humber（ハンバー川）の北の州。7〜8世紀に栄えた国。Angle人が住んでいた。Anglo-Saxonの前半にあたる。9世紀に衰退した。

2. East Anglia：Angle人の国。616年にReadward王が即位。

3. Mercia：Angle人の国。650年にPenda王、750年にOffa王が即位。（Walesはケルト人の国）

4. East Saxon：Saxon人の国。Londonがある。

5. Kent：450〜550年にあったJute人の国。チョーサーの文学作品の舞台になったカンタベリーの町がある。

6. South Saxon：Saxon人の国。

7. West Saxon：Saxon人の国。9世紀に最も栄えた国。830年代にEcgbert（エッジベルト王）

8. Cornwall：ケルト人の国。特産物クロテッド・クリーム（clotted cream）は濃厚な脂肪分が凝固したもの。スコーンの上にジャムを塗って食べる。このクリームつきスコーンと紅茶をあわせてCornish cream teaという。

ベルゲン（1987年7月）

　7月19日（日）から3週間のノルウェー語夏期講座に参加した。学生時代からHaugenの本で学んでいたが、words and things（語と物）に親しく接するのは初めてだった。19：30時、宿舎Alrekに集合し、講習料995クローネ、ベッドのシーツ代49クローネを支払った。参加者64名の中には先祖や親戚がベルゲンの人もいた。翌日、組分けが行われ、グレード順に1，2，3，4のうち、各自が希望のクラスに入ることになり、私は2を選び、アメリカ人、ドイツ人、イタリア人など17名と一緒に学ぶことになった。

　デンマーク語と異なり、ノルウェー語は文字と発音が比較的一致しているから、聞き取りも、それほど難しくはない。

　朝食はベルゲンの港、ブリュッゲンで、エビを食べた。冷凍で塩味がついているから、骨も全部食べられる。とてもおいしかった。旅行者、土地の人など14，5人が、毎朝、こうしていた。

　ベルゲンでの一番の収穫は『ノルウェー百科事典1巻』Aschehoug og Gyldendals Ett binds leksikon（アスケホウ社とギュレンダール社の1巻の辞書、1985）だった。1605頁で、かなりの大判だから、旅行中は、ずいぶんな荷物だが、車中、また、ホテルで見るのが楽しかった。Ibsenは、その息子も、孫も、この1巻本に出るほど、有名人になっている。ベルゲンでは、パリの学会からこちらに寄った学習院大学仏文科の三宅徳嘉先生と散策した。

　ベルゲンのあとベルリンの第14回国際言語学者会議（8月10日〜15日）に参加して、Europa typologisch gesehen（類型論的に見たヨーロッパ）の発表をした。寝台車Mitropa（中部ヨーロッパの意味）は快適だったが、東ベルリン入国料に2000円かかった。

ヘルゴラント（Helgoland）

　北海のドイツの島で、面積は1.6平方キロメートル。人口1,700で、観光地になっている。スウェーデンの作家August Strindberg（ストリンドベリ, 1849-1912）が第2の妻Frida Strindberg（1872-1943）と1893-1895の間、娘（1894年5月誕生）と住んだ島である。ストリンドベリは原稿をリュックサックに入れて旅をしていた。フリーダはオーストリア生まれのジャーナリストだった。彼女の著書『愛と苦しみのアウグスト・ストリンドベルイとの結婚1893-1895』の中に登場する島で、幼い娘を育てながら暮らしていた。ヘルゴラントは「聖者の島」の意味である。ここを2003年8月9日（土）に日帰りで訪れた。晴天で、訪問客が多かった。

　10:30 ab Cuxhaven, 12:30 an Helgoland, 16:30 ab Helgoland, 18:30 an Cuxhaven（当時往復31.50ユーロ, 4250円）

クックスハーフェン（Cuxhaven）発の遊覧船発着場。ヘルゴラントは「聖者の島」。1807年英国軍が占領したが、1890年ドイツ領となった。

ベルリン便り（1994, Berlin, Checkpoint Charlie）

　先日、日本人の集まりで関口文法の話をしました。

　日本語辞書をお願いしましたが、次のものもお送りいただけませんか。いずれも岩波文庫でヘーゲル『歴史哲学講義』2巻（上下とも各670円）、吉田健一『英国の文学』（570円）。最近出たもので、簡単に買えると思います。　　　　　　　　　　　二宅　悟

［三宅悟さん（1935-2010）は1965-1967年留学同期で、Marburg大学に学んだ。2004年、京都大学から文学博士号を得た］

写真：1961年、ベルリンの壁が作られ、ベルリンがアメリカ、イギリス、フランス、ソ連（第二次世界大戦戦勝国）の4つの地区に分割されたとき、アメリカ地区への入り口はCheckpoint Charlieと呼ばれ、あなたはいまアメリカ地区を去ります、という掲示が英語、ロシア語、フランス語で書かれている。これはベルリンの壁が崩される1989年まで続いた。You are leaving the American sector/ Vy vyezžaete iz amerikanskogo sektora/ Vous sortez du secteur américain/ Sie verlassen den amerikanischen Sektor.

ボーデンゼー（Bodensee）ドイツ語学概論（火2）2年　M.N.

　ボーデンゼーはドイツとスイスにまたがるドイツ最大の湖で、ライン川から流れ込む。私は1999年8月20日から8月26日までBodenseeで毎日のように泳いでいた。滞在したHeiligenbergから少し車で行ったところにある（Klosterkirche Birnau im Heinberg über dem Bodensee!）。この教会はバロック調で、中は白を使い、飾りの多い静かなところでした。もう一度行きたいドイツ!! というわけで、下の絵は私が一生懸命描いたものです。

現代版「白雪姫」

　あるところに涼子というかわいい娘がいました。継母と姉は涼子の人気を妬んでいました。継母は涼子を消そうと考え、インターネットで毒薬を買うことに成功した。涼子が学校から帰って、洗濯物を取り込むために継母の部屋に行った。すると、おまえ、殺されるんだな、かわいそうにな、という声（シーマン）がコンピューターの画面から聞こえた。驚いた涼子は、すぐ警察に通報。継母は毒薬購入と殺人未遂で逮捕された。

星の王子さま（Le Petit Prince）2002

言語と文化（水2）

学習院大学文学部英米文学科2年　M.A.

『星の王子さま』は1943年、フランスの作家サン・テグジュペリ Antoine de Saint-Exupéry（1900-1944）が書いた作品で、いまもなお世界中の多くの人々に愛され読まれている。原題は「ちいさな王子」だが、日本語訳は「星の王子さま」（内藤濯）となっていて、内容に即した題になっている。訳者内藤は東大仏文科の出身で、パリに留学中、日本の俳句をフランス語に訳して紹介した。

王子さまは、星のたった一人の友だちのバラに愛情をそそいで毎朝、新鮮な水を与える。星は周囲が50メートルしかない、小さな3階建てのビルぐらいの大きさだ。バード（鳥）がやってきて、地球にはバラが5000本もあるよ、と言うと、王子さまは、へー、地球の人はバラの世話で大変だね。

すると、バードが答える。地球には、あんなわがままなバラは一本もいませんよ。

当時の出席表を見ると、彼女は、前期26回のうち24回マル出席とある。毎回有益な感想を述べてくれた。ビデオを鑑賞しながらの授業「言語と文化」は全学対象で300人の出席があり、とても楽しかった。

星の王子さま（1998）

青山学院大学（比較言語学、金5）　A.A.

　もうすっかり秋になりました。これからは紅葉が楽しみではないですか。私は、今年の秋はテーマを「芸術」に決めました。「食」ではなく、読書をしたり美術館に行ったり、ゆっくり過ごそうと思っています。夏休みにイタリア、フランス、イギリスを周ってきました。絵葉書のフランスを訳してみましたので、見てください。

Il était une fois un petit prince qui habitait une planète à peine plus grande que lui et qui avait besoin d'un ami…（昔、小さな王子が小さな星に住んでいました。その星は一人が住めるぐらいの大きさしかありません。お友だちがほしいなあ）

星の王子さまを読む（reading the Little Prince in Spanish）2001 年 7 月

　　立教大学観光学部観光学科　C.K.

　　学習院大学の「言語と文化」（水 3 限）に聴講に来ていた学生で
いつも有益な感想や意見を述べてくれた。（美しい字で書く）

　　私は、いま『星の王子さま』をスペイン語とイタリア語で読んで
います。一番心に残ったセリフは「大事なものは目には見えない。
心の中で探さねばならない」です。スペイン語 Lo esencial es invisi-
ble a los ojos. Es necesario buscar con el corazón. イタリア語 L'essen-
ziale è invisible agli occhi. Bisogna cercare col cuore.

　　先生のおっしゃるとおり、名著を読んだら、1、2 個所、気に
入った文を書きとめてゆこ
うと思います。先生の『こ
とわざ・名句小辞典』は、
いろいろな文学作品、歴
史、文化の背景を知ること
ができ、ことわざ学入門
は、ヨーロッパの文物を知
るのに有益です。

ANTOINE DE SAINT-EXUPÉRY

Der Kleine Prinz

KOJINSHA

星のバラ（2001）

言語学概論（金5）津田塾大学英文3年　N.T.

Mais oui, je t'aime. Tu n'en as rien su, par ma faute.

「もちろん、あなたを愛しているのよ。あなたは何も知らなかった。私が悪いんだけど。」

フランス語では、親しい者同上（家族、恋人、友人）または目下のものや子どもと話す場合と、距離のある間柄（初対面の人、先生と生徒）、または目上の人と話す場合では、二人称を変えます。つまり、二人称を変えることによって、言葉のニュアンスが変わります。星のバラは、別れの場面までは、王子さまに対して距離をおいて「あなたvous」と話しかけていました。ところが、別れの朝の場面では、バラの会話のトーンが変わって、王子さまに対して「きみはtu」と話しかけていました。いつもはわがまま放題で王子さまを翻弄してきたバラも、実は王子さまが恋人になっていたのです。

古い英語にも、thou（きみ）と you（きみたち、あなた、あなたたち）の区別がありました。

北海の島 Norderney（ノルデルンアイ）1999

学習院大学文学部独文科3年　M.E.

1999年7月から9月にかけての2か月の間、私が過ごしたところは北海に浮かぶ小さな島 Norderney だった。北国の人々の島の意味である（ey は古代ノルド語で島）。Norderney 島は Ostfriesische Inseln（東フリジア諸島）のうちの一つで、その中でも特に有名なのは Fremdeverkehrsgebiet（外国人交通地域）らしい。そしてドイツ領の北海の海水浴場の中では最も古い。町にはたくさんの歴史的建築物があり、たとえば、1862年の Mühle（風車）、1892年の Fischerhaus-Museum（漁師の家博物館）。町の中心部は島の左側に位置し、食料品から電化製品、衣服、お土産にいたるまで、すべてを購入することができた。レストランやカフェも随所にあり、町を歩き回るだけでも楽しめた。サイクリングもできる。最寄りの大都市 Bremen までは片道4時間もかかり、交通の便はよくない。観光に島の財政を頼っているので、夏の間はよいが、シーズンオフの間はどんな生活を送っているのだろう。私は Inselhotel Vier Jahreszeiten（four seasons）というホテルのレストランで給仕（Kellnerin）として働いていた。職場の人はみな親切で楽しかったが、実習をうけていないので、それなりの苦労はあった。

ボッパルト（Boppard）便り（1983）

Boppardはライン河畔の、人口1万6千人の小さな町だが、学習院大学独文科の学生は、夏休みに、ここのゲーテ学校に通うことが多く、学習院独文科の提携校のような感じさえする。

　わたくしたちは今Goethe-Institutに来ています。かわいらしい家並みを見て、外国からの友だちと話をし、教会の鐘の音を聞き、SupermarktでWeinを買い…と楽しい日々を送っています。Frankfurtなどでは日本製品が氾濫しているようですが、ここはまだドイツらしいドイツが残っているように思われます。できたら、いつまでも滞在したいのですが…　　　　　　　　　M.T.

　コピー機の前でお会いした2月26日の翌日にドイツへ発ちました。昨日の午後はKoblenzに行き、Festung Ehrenbreitsteinをバックに、美しい虹がRhein上にかかっているのを見て、大感動しました。Boppardは親しみのもてる小さな町で、学校では、いろいろな国の人々と知り合いになれて、私も、とても1か月の滞在では満足できそうにありません。ところで、返していただいたあのテストを、私は呆然自失と持ち帰ってしまいましたが、よかったのでしょうか。Y.Y.(写真にラインの真珠ボッパルトとある)

ボンからの便り（1987）

　（留守宅へ）8月21日。昨日、日帰りでMaienfeld（マイエンフェルト）に行って来ました。あのハイジ小屋にはアンドレアスという60歳ぐらいのおじいさんが管理人として住んでいました。すばらしい登山日よりでした。山を下りてから、シュネルさん宅に挨拶に寄りました。この絵葉書は、ぼくは行ったことがありませんが、チューリッヒ駅で、ひときわ目立って美しい写真なので買ったものです。チューリッヒ駅は長距離列車が5分おきぐらいに発着するスイスでも指折りの駅で、その朝食（小さな朝食セット）はコーヒー、パン1個、クロワッサン1個、バター、ジャムつき330円で、日本のモーニングセットより感じがよかったです。絵葉書のツェルマットZermattは「牧場にて」（zu der Matte）の意味で、別の山アンデルマットAndermattは「牧場のふもと」の意味です。

マイエンフェルトからの便り（2018）

　マイエンフェルトからクリスマスと新年のご挨拶をお送りします。私は結婚して、バート・ラガツで働いています。母からもよろしくと申しております。写真の下の方にマイエンフェルト駅が見えます。いまは無人駅です。上にそびえる山はファルクニスFalknis（鷹山、Falken鷹、タカ）です。ときどき、その麓まで自転車（Velo）でサイクリングします。エリーザベト・シュネル

［Veloはフランス語véloci-pèdeヴェロシペード「速い足、自転車」を短くした形である。ドイツ語標準語の自転車はFahr-radファール・ラート「走る車輪」という。シュネルさん一家には、1974年12月25日、雪の降る日に、はじめてマイエンフェルトのハイジの山小屋を訪れたときから、お世話になった］

マイエンフェルト—ハイジの町（2002）

文学部ドイツ文学科3年　K.K.（言語と文化）

マイエンフェルト Maienfeld はグラウビュンデン Graubünden 州にある歴史の古い町で、イェニンス Jenins, マランス Malans, フレッシュ Flaish の4つの町で形成されている。チューリッヒ Zürich からスイス最古の都市クール Chur への道と、リヒテンシュタイン Liechtenstein 方面からクールへの道が合流する土地にあるため、ローマ時代から交通の要所として、すでに4世紀ごろの書物にあらわれている。現在は各駅停車のとまる静かな町で、ヨハンナ・スピリ Johanna Spyri の書いた「ハイジ」の舞台になったことから、ハイジの町として観光客が訪れている。

神戸市との友好条約：2001年7月18日、六甲山牧場の新しい建物「まきば夢工房」のオープニングに合わせ、神戸市庁舎にて、神戸市とマイエンフェルトとの友好条約が交わされた。神戸市立六甲山牧場は1950年にオープン。スイス山岳酪農をモデルにしており、スイスとの関係も半世紀以上になる。ハイジを通して、さらに密接になってゆくことだろう。

マイエンフェルトからの手紙（Maienfeld）1993年7月

　彼女ら4人は夏休みにレーゲンスブルク（Regensburg）のゲーテ学校でドイツ語を学んでいた。休日を利用してスイスのマイエンフェルトを訪れた。アルプスの少女ハイジの舞台である。

　<u>車中</u>から<u>暑中</u>お見舞い申し上げます。私たちは、いま、チューリッヒからミュンヘンMünchenへ向かう列車の中で、この葉書を書いています。スペイン語をぜひ勉強したいので、相談に乗ってください。さて、なぜ私たちがZürichに行ったと思いますか。そうです。私たちはマイエンフェルトへ行って来たのです。昨日はとても暑く、途中で道に迷ってしまったので、ハイジアルプHeidialp（ハイジがおじいさんと一緒に暮らした山頂の小屋）に着いたころには、私たちは汗びっしょりでした。途中で、ハイジがアニメの中で服を脱ぎながら駆け上がったようなところも通りました。かなり遠回りをしたせいか、Heidialpを見つけたときは、感動も<u>ひとしお</u>でした。山の上の世界は、私たちの、ふだん住む世界とは、かけはなれていて、まるで<u>聖地に足を踏み入れた</u>ようでした。Heidialpには老夫婦がおり、ヨーゼフのようなイヌが一匹いました。おじいさんはAlp-öhi（アルムおんじ）にそっくりでした。私たちは老夫婦にアイスティーをご馳走になりました。「私たちの先生はここに3回も来ました。ハイジの小屋を見にぜひマイエンフェルトへ行きなさい」（Unser Professor ist dreimal hier gewesen. Er hat gesagt, Ihr sollt nach Maienfeld fahren, um Heidialp zu sehen.）と、つたないドイツ語で言ってしまいました。彼らのドイツ語は方言が強くて、なかなか分かりませんでした。それで、つい、「日常語は何ですか」と聞いて

しまいました。帰り道、駅へ向かう途中、一人のおばあさんに出会いました。私たちがとても疲れた顔をしていたせいか、やさしく、「これをお食べなさい」と、自分の家でとれた洋ナシ（Birne）をたくさんくれました。Maienfeldでの思いがけない体験は一生忘れられないと思います（glauben wir!）。

N.K., M.K., M.H., K.A.

P.S. 車中と暑中（shaとsho）はミニマルペアですか？

［解答］はい、そうです。ミニマルペアはドイツ語学概論のはじめのころ、音声学のところで扱う問題で、「かね」と「こね」（金よりコネ）を見ると、kane, koneで、1音だけ相違して、意味が異なっている。これを「最小の対」と呼ぶ。

ame（アメ、低・高）とame（雨、高・低）

のように、アクセントの相違も例となる。

　この手紙（葉書）の1行目に出るRegensburgは「雨の城」ではなく、ラテン語castra rēgīna（カストラ・レーギーナ、王の城）からきている。castraはドイツ語のBurg（城）にあたる。葉書は4人の連名になっているが、文才のあるK嬢が書いたにちがいない。その彼女から1995年の年賀状に次のようにあった。

昨年は就職や卒論など、私にとっては<u>濃密</u>で考えることの多い年でした。同時に、今さらながらですが、結局は、自分の面倒を見るのは、自分である、ということの<u>幸福と恐ろしさ</u>を認識した年でもありました。でも、どんなに恐ろしくても、<u>体当たり</u>するしかありません。「見る前に跳べ」です。今年はドイツで新しい人生の第一歩を踏み出します。不安も少しはありますが、<u>期待のほうが断然大きい</u>です。もっと自立して、強い、素敵な人になりたいです。

マドリッド便り（1977）

　ドイツでの言語学会はいかがでしたか。サン・セバスチャンからのお便りをありがとうございました。8月22日から25日まで、母親がマドリッドに参りましたが、さすが5年ぶり、ずいぶん、ふけて見えました。息子がまだ「風来坊ぐらし」だと、心配が多いのかもしれません。萩田氏によれば、gitano（ジプシー）の数は25万人だそうです。　　　　　　　　　　　　　　　　　　　　　　牧山裕信

　［1974-75年度、スペイン政府留学生として、牧山氏と萩田禎正氏はマドリッドに学び、私はサラマンカに学んだ。牧山氏は東京外国語大学スペイン語科を卒業したあと、メキシコにも給費留学した。私がサラマンカのAntonio Tovarに私淑していることを知って、TovarのCatálogo de las lenguas de América del Sur. Buenos Aires, 1961なども購入していた。下の絵葉書は古いマドリッドでラテン語綴りでMadritumと書いてある。川の名はManzanares］

VISTA DEL MADRID ANTIGUO

マルコ・ポーロの『東方見聞録』（2002）

学習院大学文学部ドイツ文学科3年　K.K.

（火1）ドイツ語圏文化史

マルコ・ポーロ（1254-1324）の『東方見聞録』により、アジアの豊かな自然や宝物が紹介された。なかでも、香辛料についての記述は冒険家の野心を刺激した。日本はジパングあるいはチパングの名で、黄金の国として紹介されている。

特徴：取り扱われている題材が豊富で、伝説、神話、政治的事件まである。また、今まで知られていなかった中国の情報が大半を占める。記述は、東方の物資的豊かさに力が込められている。マルコが商人のためか、取り上げる物が経済的活動の視点から述べられている。中世ヨーロッパにはない品物も細部まで書かれている。つまり、『東方見聞録』は経済のルポルタージュともいえる。

反響：マルコがその著述を発表したとき、人々はまじめに受け取らなかった。当時の人々は無知であったため、物語としては、おもしろく読まれたが、真実と受け取られるには、長い時間が必要だった。やがて、ヨーロッパの地図制作者たちが正しいと認め始めた。

（Marco Polo 1254-1324）

水＋メロン＝スイカ（1998）

　青山学院大学文学部フランス文学科3年　　K.H.

　（比較言語学、金3）

英語：water + melon=watermelon

ドイツ語：Wasser + Melone=Wassermelone

オランダ語：water + meloen=watermeloen　［ワーテル・メルーン］

フランス語：eau + melon=melon d'eau　［ムロン・ドー］

ポルトガル語：água + melão=melancia　［メランシア］

イタリア語：acqua + melone=cocómero　［ココメロ］

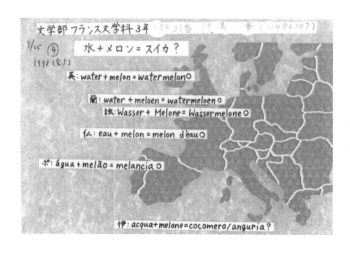

みにくいアヒルの子（アンデルセン）1998

　学習院大学文学部史学科1年　S.M.（言語と文化、木4）

　あらすじ：夏のある日、アヒルのお母さんは、子供を数羽、産みましたが、巣箱の中に一羽だけ、羽の色が異なる、みにくいアヒルの子がいました。みにくいアヒルの子は、兄弟や、ほかの動物からいじめられました。彼は、一人で生きて行こうと決心して、旅に出ました。農家の小屋にもぐりこんで、食べ物を探しました。湖に出て、美しい白鳥を見ました。ぼくも、あんな白鳥になりたいなあ。すると、白鳥たちが自分のところにやってきます。新しい仲間だわ、美しいこと！　そうです、アヒルの巣に産まれたぼくは、白鳥だったのです。そして、（貧しかったアンデルセンのように）、羽を広げて、大空へ羽ばたいて行きました。

　感想：みにくいアヒルの子の、ひたむきな姿に心を打たれました。お母さんがやさしかったというのは、アンデルセン自身の経験にもとづいているようです。姿や形が違うと、差別してしまうのは、どこの世界にもあります。このみにくいアヒルの子は、ただ白鳥の子だから美しいのではなく、おさないころの、つらい経験をバネに精神的にも美しくなったのでしょう。アンデルセンの人生そのものです。

　スイスのグリンデルヴァルト（Grindelwald, waldは「森」）はひろびろとした緑の牧草地に小屋が点在する、あかるく、のどかな村です。先生も、ぜひいらして、見てください。

　今度、「アルプスの少女ハイジ」を見せてください。

目白駅（Mejiro Station）1975年から2005年まで、30年間お世話になった目白駅は池袋と新宿の間にある。学習院大学が、すぐ、となりにあり、こんなに便利な大学は、そうざらにない。青山学院大学、立教大学、早稲田大学とくらべたら、一目瞭然だ。上智大学は、この点、学習院大学と、いい勝負である。1965-67年に留学していたボン大学もボン中央駅のすぐそばにあった。

1990年2月、雪の降る寒い朝だった。受験日、学習院大学の駅よりの門で受験生のカードをチェックしていると、明治学院大学受験票とある。地方から出てきた受験生だろう。目白も目黒も似たような名前だ。目黒は、ここから新宿方面行きの電車に乗りなさい、と伝えた。いまでも（2020）電車の中のアナウンスがMejiroかMeguroか、聞き取れないことがよくある。

目白駅構内に喫茶店カフェ・ダンマーク（Danmarkはデンマーク語読み）があったが、2020年2月27日閉店の掲示があり、その後、Rødと改名、黒ずくめの店構えで、すっかりunfriendlyになった。rød（レーズ）はデンマーク語で「赤い」の意味で、ヴァイキングの名「赤毛のエリク」（Erik the Red）からとったらしい。

目白駅ホテルメッツに隣接しているカフェ・フィオレンティーナ（café fiorentina）はfriendlyで、ときどき待ち合わせに利用している。fiorentinaはイタリア語でFirenzeの形容詞で、フィレンツェは「花咲く（都）」の意味である。フィレンツェはアルノArno川が流れ、そこにかかるポンテ・ヴェッキオPonte Vecchioはダンテとベアトリーチェが出会った橋として有名である。イタリア語ではラテン語 flōs, flōris「花」のfl-の1が消えてfi-となる。

メリークリスマス & A Happy New Year!!（1989年12月）

　教養演習（土2）　学習院大学国文3年　N.O.

　表意文字、表音文字、語源、単語の分析など、とても楽しかった
です。来年の残りの時間は、ぜひアニメの星の王子さまの第2部、
第3部を見せてください。

　私の描いた小人のクリスマス・パーティをご覧ください。

メルヘン街道の終着点・ブレーメン（Bremen）

ドイツ語学概論（水4）文学部独文科2年　Y.Y.

正式名称：Freie Hansestadt Bremen（自由ハンザ都市ブレーメン）

ドイツ最小の州（面積404km^2），ドイツの地に誕生した最古の国家
　機構（世界で2番目に古い都市国家）

州都：Bremen, Bremerhavenから形成される都市州（Stadtstaat）
　都市州というのは、都市が州と同格の地位を認められた州。

紋章：St.Petri（聖ペトルス、ブレーメンの守り神）の鍵、これは天
　国への鍵です。

ローラント像：平和と権利のシンボル。マルクト広場にあり、北ド
　イツ最大の像。

ブレーメンの音楽隊の像：市庁舎の入り口に向かって左側に、なに
　げなく置かれている。ロバの足に触れると幸せが訪れると言わ
　れ、光っている。

Bremenの位置　　　　　紋章　　　　　ブレーメンの音楽隊
　　　　　　　　　　　　　　　　　　　ロバ、イヌ、ネコ、
　　　　　　　　　　　　　　　　　　　オンドリ

メルヘンの世界（The world of märchen）

（88-036-018）学習院大学仏文科1年　M.K.

　1988年、土曜日2時限に教養演習と題して「ヨーロッパの言語と文化」の授業をしていた。これは独文科の朝日英夫先生の提案で1987年から始まり、1996年まで続いた。文学部共通だったので、独文のほか英文、日文、仏文、哲学、心理も学生も多く、楽しい授業だった。夏休みが終わって、二学期の初めに、彼女は表題のような、写真まじりの13頁の、昔の紙芝居のようなレポートを書いてくれた。レポートを課したからではなく、自主的な作品である。彼女は卒業後アメリカに渡り、ニューヨークで働いている。

　表紙に「メルヘンの世界」の題と名前、ブレーメンの音楽隊の舞台の切り絵が貼ってある。

　はじめに。メルヘンとは何か。メルヘンは、あまりにも親しみ深い言葉だった。いままで、私はたくさんのメルヘンを読んできたと思う。とりわけ、幼稚園から小学校までの年齢のときが多かった。今回、大学生のいま、改めてメルヘンに接すると、新発見がたくさんあり、ふたたび、メルヘンの世界に夢中になりそうだ。

　この夏はフランス童話やアメリカ童話なども読んでみたが、やはりmajorなのはドイツ童話らしい。メルヘンといえば、グリム童話である。では、グリム童話とはなんぞや。本屋を探し回っていたとき、『メルヘンの世界』相沢博著、講談社現代新書、という本に出会った。さて、これから、この本と私と両方の感じ方、考え方を記していきたいと思う。（以下、黒字は原文通り）

①メルヘンとは。**メルヘンは長い歳月を通して磨き抜かれた美しい表現で、庶民の夢・心・知恵の結晶を私たちに語りかける。**

グリム童話の「寿命」（Die Lebenszeit, KHM 176）をご存じですか。私は初めて読んだのだが、ウームとなってしまった。これはグリムらしいメルヘンではなく、ただ正面きって人生論を打ち出している特異な作品だからである。しかし、あの遠いギリシアの時代に、早くも、現代に通ずる人生を、ずばり指摘しているのが鋭い。人間の寿命は神さまによって70歳と定められた。このうちゼロ歳から30歳までが本当の人生、31歳から50歳までがロバの人生、次の12年はイヌの人生、そして残りの8年がサルの人生なのである。この意味がおわかりですか。グリム兄弟は鋭いところに注目していたようです。

　このように、メルヘンといっても、単なるおとぎ話ではないのだ。「イバラ姫」「白雪姫」「赤ずきん」などは、すべて子供むきに見られているが、実は、注意深く観察し、味わってみると、幼い者には、とうてい理解できない人生智（human wisdom）と人間学（human science）が含まれているのだ。だから、私たちが読むのもよし、大人が読むのもよし、万人に通ずるのが、実は、メルヘンなのである。長い年月にわたって伝承されてきた人間のメルヘンが、いま、ここにあらわれてくるではないか…。グリム童話について次のように述べた学者がいた。**グリム童話はドイツのすべての哲学者の著作以上にドイツ人の世界観を知る絶好の資料である。**この頁に木組みの家とお祭りの写真が載っている。

②美しい文体。グリムのメルヘンは庶民の家庭に語り継がれた話を再録したものである。グリム兄弟は16世紀、17世紀の笑い話や寓話集、アラビアンナイト、フランスのペローの作品からも採った。「赤ずきん」はペローからのものだが、そこでは、赤ずきんはオオ

カミに食べられたまま、終わりになる。これはオオカミの恐ろしさを教訓として学ばせるためだが、グリムでは、オオカミに罰を与えて、ハッピーエンドになる。

　グリム童話には、ゲルマン民族の、最初から18世紀にいたるまでの、あらゆるものが流れ込んでいる。

　グリムのメルヘンは、ただ書き留めたものではなく、その美しい**文体**に特徴がある。この点は、「やわらかいペンの持ち主」といわれた、弟のヴィルヘルム・グリムの功績である。ヴィルヘルムは40年にわたって、たえず改訂、増補、文体を練っていった。しかしグリム兄弟は、**学問的立場**を保ち続けたので、あくまでも自己を表に出さず、メルヘンのもつ**純粋性**を保とうとした。

　ドイツのメルヘン街道の風景写真が7点切り貼りされている。

③アンデルセンとグリム。メルヘンといえば、アンデルセンとグリムがあげられる。両者の相違は、アンデルセンが創作童話であるのに対して、グリムは民間伝承である。実際、私がかつて読んだインドの昔話の中に、グリム童話の「七羽のカラス」とほぼ同じものがあった。アンデルセンのは創作なので、必ずしもハッピーエンドにはならない。アンデルセンは、この現実を、しっかりとつかんでいった。涙がこぼれてしまうものもある。そのよい例が「人魚姫」だ。人魚姫は、いつの時代にも通ずる奥深いものをもっている。

　グリムのメルヘンは生粋の庶民文学であり、素朴な自然さを豊かにもっている。このような文学こそ永遠の文学の名に値するものであり、芸術的に完成した一般の文芸作品に優に比肩（equal to）できるものである。たとえば、ホメーロスやシェークスピアなどの古典的名作といわれる作品も、メルヘン的な世界を母胎として生まれ

成長したものであり、その共通性を、いたるところに見いだすことができる。まことに、グリムのメルヘンは不可思議な光の中に輝く、驚嘆すべき世界をわれわれに見せてくれるのである。

④ドイツにおけるメルヘンの描写。ドイツでは大体、形態感よりも色彩感のほうが多く発達していて、中世文学でも輪郭や形態よりは、光り輝くもののほうが多く表現されている。メルヘンに金やダイヤモンドは欠かせない。また、ヒロインやヒーローは、常に、絶世の美男美女である。

メルヘンは論理性に欠けることがしばしばある。カエルが突然美しい王子に変わったりする。これこそ純粋な「魔法メルヘンの」の本質であって、このような点にメルヘンの深い知恵と魅力がひそんでいるのである。魔女によって変形されていたものが、もとに戻る（Entrückung, removal, Verwandlung, transformation）。

メルヘンの次元性を考えると、実に奇妙だ。ヒロインの少女は、恐ろしい人間界を離れた超自然的なもの、悪魔的なものに対して全く無感覚である。つまり、メルヘンの世界では、この現実界も魔法や不可思議の行われる世界も、すべて同じ次元に属すると考えられているのであって、どんなに異常なことが起こっても、平然としていて、不気味や恐怖は、あまり感じないのだ。

これがメルヘンの一次元性であり、伝説の二次元性とは異なっている。しかしメルヘンの本質は、無限のかなたに向かうロマンチシズム、換言すれば、太い一本の筋をつらぬく冒険物語であり、その中の人物の心や体験に魅せられてしまうのである。

メルヘンは短形式でありながら、現実界のみならず、聖なる霊界でも、奇怪なデーモンの世界でも、とにかく、あらゆるものを自由

自在に採り入れて描く叙事文学（Epik）である。

⑤神話、伝説とメルヘンの関係。神話・伝説・メルヘンの三者の本質は、互いに無関係である。これらの三つの形式は、それぞれ独自の権利と特質をもち、それぞれ異なるものを描こうとし、それに応じて、それぞれ、独自の構造をもっている。つまり、メルヘンも伝説も、神話から派生した一段階でもなりれば、神話が低くなりさがった形式でもない。

⑥グリム兄弟。グリム兄弟は民族の古い伝承を保つように努力したが、弟のヴィルヘルムは、古きものをあくまでも守ろうとする兄ヤーコプと意見が分かれ、創作的才能に恵まれた彼は自ら楽しみながら加筆訂正を加えていった。そこで、のちに、兄ヤーコプはメルヘンの仕事から全く手を引いてしまった。その結果、ヴィルヘルム調が、全体ににじみ出るメルヘンになってしまった。

⑦メルヘンの楽天主義。メルヘンには楽天主義と正義感によって導かれる結末がある。賞罰は正しく配分され、めでたし、めでたしに終わる。これはメルヘンの聞き手の願望によるところもあるが、それよりも、叙事文学としての強い正義感と鋭い洞察力が合致したものが作用しているのだ。つまり、メルヘンの主役者に課せられた試練は、どんなに苦しいものであっても、これを切り抜けたあとは、人間の願望は実現して、幸福になりうるという知恵にもとづくものなのである。そして、このメルヘンは、国境や人種をこえて世界に広がり、あらゆる人々の胸に、喜びと幸福を植えつけたのだ。

⑧アンデルセンの言葉。アンデルセンは、すでに述べたように、民間伝承のメルヘンとは異なる創作童話の詩人である。彼は自伝の中で、こう述べている。「わたしは、わたしが幸運児であることをし

みじみと感じる。ほとんどすべての人が、わたしを、わだかまりなく、そして、愛情に満ちて迎えてくれた。王侯から貧しい農民にいたるまで、気高い人間の心が彼らの胸に波打つのを、わたしは感じた。生きることと、神と人間を信ずることは、何という喜びであることか！」アンデルセンを幸福にしたのは、神に対する信仰と、人間に対する信頼であったのだ。彼の童話は、グリムのメルヘンのように、めでたし、めでたしに終わっているわけではないが、それでも世界中の人々をひきつけたのは、やはり、彼の、あたたかい人と愛する心だったのである。

⑨ メルヘンと私。メルヘンは夢一杯の幸せになる薬のようなものだ。「イバラ姫」や「白雪姫」は、いつまでたっても、大好きである。その理由は、ヒロインに、かならず、りりしい王子さまが登場し、そして、最後に結ばれる、ということからきている。少女に美しい、やさしい、すばらしいプリンスがやってくることは、女の子の求める最高の夢だから。

　少し前にはやったシンデレラ・コンプレックスというものがあるが、その中で、女性はシンデレラのように王子を待っているが、それは違う、現実を見つめなさい、という内容だった。それにもかかわらず、依然として、王子さまを夢見ている。そんな夢が実現してしまうのが、メルヘンだ。必ず幸福がやってくるのがメルヘンだ。心がやさしくなるのもメルヘンである。メルヘンに沿った人生を歩めたら、夢一杯の、やさしい人生を送れるかもしれない。雲の上のような人生を…。

　しかし、現実は、やはりシビアだ。メルヘンの世界のようにはならないだろうし、なれないだろう。そこにまた、人々のメルヘンに

寄せる思いがある。現実の世界とはちがう夢の世界、メルヘンへの
あこがれ。長い眠りについてしまった美しいお姫さま、彼女を思
い、りりしく美しい王子さま、毒リンゴを食べて倒れてしまった白
雪姫、王子さまがキスをすると息を吹き返す。そして二人は結婚し
て幸福な人生を歩む。赤ずきんはオオカミに食べられてしまったの
に、結局、オオカミの中から元気に出てくる。これらはみなメルヘ
ンの世界だから、ありうるのだ。

⑩おわりに。この夏、このレポートを書くために、改めてメルヘン
を研究することができて、よかったと思う。

　メルヘンとは何か。グリム兄弟、アンデルセン、それぞれの取り
組み方がわかった。メルヘンは国籍や人種を越えて存在することに
すばらしいと感じる。全世界の子供から大人まで幸福をもたらすの
がメルヘンだ。人生の教師となるのもメルヘンのような気がする。
メルヘンを通して、メルヘンが私たちに教えてくれた。人間の願望
は実現し、幸福になりうる、ということを信じて、常にメルヘンと
ともに人生を歩んで行きたいと思う。M.K. 1988年夏

[注] メルヘンはMärchenと書いてメールヒェンと発音する。「小さ
なお話」の意味である。-chenは「小さい」を表わす接尾辞で、
Brötchen（ブレートヒェン）は「小さなパン」の意味である。1965
年9月から10月まで、私（下宮）はドイツのブリロン（Brilon）に
あるゲーテ学校でドイツ語を習っていた。朝食（8時）にBrötchen
にバターかジャムをつけて食べたのだが、同じ敗戦国なのに、ドイ
ツ人は、こんなにおいしいものを食べていたのか、と感激し、それ
以来、ブレートヒェンは最高のグルメとなった。

モスクワからの便り（1987年10月）

　（留守宅へ）モスクワのウクライナホテルに1泊し、これからトビリシに向かうところです。日本人一行は、ぼくを入れて5人です。ソ連作家同盟の招待で、全世界からグルジア詩人イリヤ・チャフチャワゼIlya Chavchavadze（1837-1907）生誕150年祭に50人が集まるそうです。この人物は、日本の森鷗外のように、西欧の文物を祖国に紹介した人です。ボン大学の先生Prof. K.H.Schmidtに今朝ホテルのロビーで会いました。モスクワの温度は－1度Cです。この絵葉書はホテルで購入しました。トレチャコフ美術館蔵のパーヴェル・フョードトフPavel Fëdotov（1815-1852）の「市長の求婚」（Major comes a-courting, 1848）です。

モンマルトル便り（Montmartre）2003

東京家政大学英文科（言語学概論、金1）　A.F.

　フランス映画「アメリ」の舞台になったパリ、モンマルトルを旅して来ました。パリの下町情緒があふれるモンマルトル。Montmartre は殉教者（martre）の山（mont）という意味です。ここに実在するカフェ・デ・ドゥ・ムーフン（二つの風車のカフェ）は主人公アメリ Amélie がウェートレスとして働いていたところです。アメリの住んでいるビルの1階にはコリニョン食料品店（Epicerie Collignon）があります。ムーラン・ルージュ(赤い風車)は劇場で、ジョセフィン・ベイカーやモーリス・シュヴァリエが演じたところです。サクレ・クール寺院で写真をとってもらいました。サクレ・クール Sacré-Cœur は sacred heart の意味で、聖心女子大学に名称が見られます（美智子上皇后の出身校）。

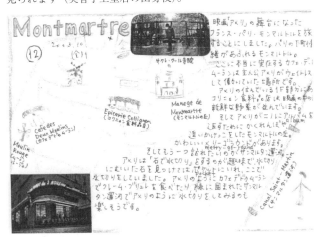

野菜を用いた慣用句・ことわざ（1999）

　青山学院大学文学部日本文学科3年　A.K.（比較言語学、金3）

1. 瓜のつるに茄子はならぬ。

　　瓜を投じて玉を得る。

　　冬瓜の花の百一つ。

　　梨の皮は乞食にむかせ、瓜の皮は大名にむかせ。

　　へちまの皮とも思わず。

2. 親の意見と茄子の花。

　　茄子の花と親の意見は千に一つもあだがない。

　　女房と茄子は若いが良い。

　　秋茄子嫁に食わすな。

　その他、独活の大木、大根を正宗で切る、はっても黒豆、人のごぼうで法事する、山の芋がうなぎになる、山の芋で足つく、らっきょう食うて口をぬぐう。

　裏面にはtomato, cabbage, onion, carrot, cornの美しい絵と、その中国語、イタリア語、フランス語、ドイツ語が書いてある。

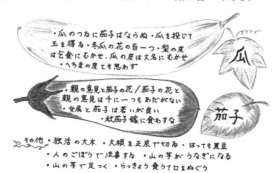

ユングフラウヨッホ（スイス、3,454 メートル）1988.3.3.

　学習院大学文学部独文科3年　N.K.

　いま、私は最高に幸せです。ヨーロッパで最高の山、ユングフラ
ウヨッホにいます。天候に恵まれ、本当に美しいです。飛行機で
会ったスイス人が「スイスで一番のオススメはユングフラウ！　と
言っていたのです。天気は、今日が最高だということです。

　Jungfrau は「乙女」、Joch は「くびき」の意味で、英語の yoke で
す。彼女は卒業後、独文科事務室で3年間、副手を務めました。

ヨーロッパひとり旅（1998）

青山学院大学国際政治学科3年　Y.A.（比較言語学、金3）

1998年7月29日〜9月21日、ポーランド、ドイツ（語学研修）、オーストリア、スペインを旅しました。7月29日、Berlin-Tegel空港に到着、ポーランドの友人一家と一緒に車で2時間のところにあるシチェチンという港町の友人宅に泊めてもらいました。

その翌日から友人と3人で4泊5日（うち車中2泊）、クラクフへ旅行したときのことです。私の強い希望でアウシュビッツ強制収容所へ行く途中のトラムで、私たちはキセルを試みました。ポーランドでは国際学生証が無効なため、日本人学生は大人扱いで、トラムやバスのチケットは大人用を買わねばなりません。それまでは正直に大人用を買っていましたが、コントロールが来ないので、ポーランド学生用のでも大丈夫だろうと、安いチケットで乗車したのです。しかし、運悪く検札に見つかってしまい、近くの警察署に連行されてしまいました。同時に、アメリカ人学生2人も、チケットを持っていないため、つかまりました。長い議論のすえ、アメリカ人2人は60ズウォチ（2,500円）の罰金でしたが、私は、なぜか、罰金なしで釈放されました。

（スペインでMaiteマイテという少女に出会ったというので、それはバスク語で「愛」という意味だよ、と教えました）

右はクラクフの大人用トラムのチケット（50円）

ヨーロッパ旅行記（2000）

津田塾大学英文科3年　F.M.（言語学概論、金5）

2000年9月に友だちと二人でヨーロッパに行きました。チューリッヒ、オーストリア、チェコ、ミュンヘンを鉄道で旅したのです。一番気に入ったのは、やはり、スイスです。前期に授業で見たアニメ「アルプスの少女ハイジ」の世界も見てきました。時間と体力を考えて、わたしたちは1時間半のハイキングコースに行きました。実際は、その倍くらいの時間をかけて見てきました。"Heidi-Weg"（ハイジの道）の標識にそって、ハイジの泉、ハイジの家、を見ましたが、景色の雄大さは言葉には表せません。

気づいた点：スイスでは乗車券のことをBilletという。これはフランス語だ。ドイツ語を使用する人が一番多いので、ドイツ語Fahrkarte（旅行券）かFahrschein（旅行証）と言うべきだ。

写真右の一番下に、「ハイジの村からこんにちは」が上下逆。

ライン川の伝説（黄金を守る水底の乙女たち）2004

学習院大学独文科3年（ドイツ語学概論、火1）　Y.A.

ライン川の伝説にはローレライ伝説とニーベルング伝説とがあります。ともに、黄金を守る乙女たちの話です。

ローレライ伝説：ラインタール（ライン谷）のほぼ中央に位置する岩山は、両岸に迫る絶壁のために、水の音と人の声を反響させるような拡声装置になっていました。ローレは「待ち伏せ」の意味です。水底の乙女が美しい声で歌うので、船乗りたちを水底に引きずり込む水の精ローレライ（ライleiは「岩」）が住みついているという伝説に昇華していったのです。この水の精の伝説はロマン派の詩人たちの創作意欲を大いに刺激し、ブレンターノが物語詩『ローレ・ライ』を著し（1801年）、伝説を定着させたのです。

ニーベルング伝説：ライン川のもう一つの名高い伝説で、ラインの黄金に関するものです。ラインの水底には乙女たちに守られている黄金が眠っている。この黄金は全能（Allmacht, omnipotence）のシンボルであり、それを手に入れた者は世界を支配できるというのだ。あるとき、地底に住む小人族の一人が、この黄金を奪い取り、それで1つの指輪を作り、その指輪に呪いをかける。その呪いのかかった指輪を巡って、巨人国、天上の神々、地上の英雄、戦う乙女たち、大蛇などが入り乱れ、愛憎入り交じり、罪深い近親相姦まで生じ、複雑怪奇、しかも壮大な物語を繰り広げる。指輪は、その呪いで、すべての登場人物を破滅させ、最後には神々の国まで焼き尽くす。その灰の中からあらわれた指輪は、ふたたびラインの乙女たちの手に戻る。神々の時代は滅び、人間の時代の幕が上がる。

［Nibelungは霧の国の住人。Nebel「霧」の派生語］

ラインにまつわる伝説（2005年1月）

ドイツ語学概論（火１）ドイツ文学科3年　T.O.

　美しい乙女の歌声に魅せられて船が座礁してしまうローレライの伝説は、あまりにも有名だが、ライン川がローレライ（Die Lore-lei）の岩塊を急カーブして屈曲する手前には「七人の乙女」（sieben Mädchen）と呼ばれる隠れた岩々があって、水位が下がったときには難所となった。川底には何か人知の及ばぬ不思議が秘められているのだろう。ラインの川底には3人のラインの乙女に守られた「ラインの黄金」（Das Rheingold）があり、愛を断念した者がその黄金で指輪を作れば世界を支配できると信じ、神々や英雄たちの大スペクタクル劇が展開するのがワーグナーの「ニーベルングの指輪」（Der Ring des Nibelungen）だ。「ローエングリーン」（Lohengrin）においても、乙女を救う騎士がライン川から登場する。

　これはトロルの家族を描いた絵葉書の裏面で、男の子が、何を書こうかな、と思案している間に、彼女のほうでは、もう書き始めている。

リモージュ（Limoges）からの便り

2005年5月20日（金）自宅にあてた葉書である。

Paris Austerlitz 9:09発、Limoges Bénédictins 12:20着、13:25発TER Limousin（TERはTransport express régional）；Ussel an 15:06, ab 15:08；Clermont Ferrand an 17:08. ステーションホテルhôtel de la gare（宿泊37ユーロ＋朝食6ユーロ＝6,000円）

　フランスはハムパンとエネケにかぎる。ハイネケンがフランス語ではエネケと化ける。これがフランス語なのです。原義はハイネの小さなビール。Limogesでは1.90ユーロだが、Clermontでは2.50ユーロもとられた。これが代表的な、「飲める」ビールなのだ。

　昨夜はドゴール空港駅でうたた寝して一夜を明かしたあとだったので、リムーザンLimousin鉄道のリモージュ・クレルモン間は、快適だった。かわいらしい汽車で、緑の森の中を4時間半走り続け、これが予想外の収穫だった。LimogesはClermontよりも、ずっと風雅だ。下図はリモージュ駅の構造。

　中学1年のとき、姉（小学校教諭）が読んでごらんと言って、『家なき子』をくれた。その主人公ルミRemiが育ったシャバノン村Chavanonを見たくて2個所で尋ねたが、マイカーかタクシーで行かねばならず、片道55キロもかかる山奥とのことで、断念した。日本語ではルミとなっているが、原文ではレミRémiである。

リヨン（Lyon）2005（留守宅へ）

　リヨンはガリア・ローマの町（ville gallo-romaine）とある。ガリ
アは、ケルト人の地域であった。そこにローマの軍隊と、のちに、
ローマ人が住むようになった。ローヌ（Rhône）河畔の町Lyonは、
英語ではLyonsと綴る。フランス人は、外国人にはライオンズのほ
うが分かりやすいと思って、こう発音していた。日本人にはリヨン
だよ、と伝えた。この-sはフランス語Marseilleが英語ではMar-
seillesと綴るのと同じである。Lyonのラテン名はLugdunumで、
Lugusはケルトの神の名、dunumはケルト語で「城塞、丘」の意味
である。Lyon-Pardieuの書店でプレイヤード版アンデルセン童話全
集（9,600円）を購入した。

列車の中で座席を確保する方法

サブタイトル：最初が肝心（1991）

学習院大学独文科2年　T.N.

突飛な題ですが、この夏、ドイツ語圏に30日いました。移動には、もっぱらユーレールパスを使ったので、かなりの時間を車中で過ごしたのです。そこで、

1.　Ist dieser Platz frei?（この席あいています？）

　これで、どちらからいらしたの？　と聞いてもらえることもある。

2.　Ist hier frei? Ist es frei?（ここあいています？）

　一般型。frei? と尻上がり。

3.　Darf ich…?（いいですか？）と手で席を示しながら。

　一番のお気に入り。そこはかとなく品があると思いませんか？いうなれば英語のMay I？ドイツ語やってらっしゃる？　と聞いてもらえた。お年寄りに多い。

4.　ただ坐る。非常手段。使用頻度は4回に1回。一番らくです。

　この他、ユースホステルでも、最初が肝心です。ときおり、北部でGrüss Gott!（神さまにご挨拶）なども使いました。それと、ich（わたくし）をイッヒと発音する人は、めったになく、ほとんどの人はイックでした。

ローマの休日（Roman Holiday）2002

　　学習院大学日本語日本文学科1年　M.K.（言語と文化、水3）

　とっても楽しかった3日間。けれども、まだ見たりない。また行こうと誓った。オードリー・ヘップバーンとはひと味異なるローマの休日の日程は、次のようであった。

　第1日：古代遺跡をめぐる。フォロ・ロマーノ（ローマ広場）古代ローマの政治経済の中心地。広大な遺跡に驚く。コロッセオ：人間と猛獣の死闘が繰り広げられた闘技場。真実の口：嘘つきは手が抜けなくなる石の口。ドキドキしながら手を入れてみる。ちゃんと抜けた！　カラカラ浴場：世界最古のレクリエーションセンター。こんなおふろがあったらなあ…。夕食はスパゲッティ・カルボナーラ。

　第2日：劇場映画のワンシーンにひたる。スペイン広場。ローマの代表的名所。ヘップバーンのようにジェラートを食べたいと思うが、今は広場で食べることが禁止されている。トレヴィの噴水。ローマ最大の噴水。肩越しにコインを投げ、また来れることをいのる。ウィンドウショッピングで目の保養。クイリナーレの丘。サンピエトロ寺院を眺めながら夕食：サルティン・ボッカ。

　第3日目：偉大な巨匠たちの遺産＝ヴァチカン市国。サンピエトロ寺院はカトリックの総本山。ヴァチカン美術館：傑作が並ぶ美の殿堂。感激のあまり言葉を失う。夕食：とっても薄いピザ。

　イタリア語を使ってみた。「こんにちは」Buon giorno. ブオン・ジョルノ「おはようございます」。「こんばんは」Buona sera. ブオナ・セーラ。「さようなら」Arrivederci. アリヴェデルチ。「ありがとう」Grazie. グラーツィエ。「どういたしまして」Prego. プレーゴ。「またあした」A domani. ア・ドマーニ。

ロイヤル・コペンハーゲン（Royal Copenhagen）2001

世界の一流陶磁器。

東海大学デンマーク語科4年　A.I.

ロイヤル・コペンハーゲンは王冠と3本の波形のマークで有名だ。18世紀半ばにクリスチャン7世の王妃が西ドイツのマイセン（Meissen）から5人の陶工を「盗んできた」のが始まり。マイセンは中国、日本の陶磁器をヨーロッパに合わせたバロック様式の陶器を完成させていた。フローラ・ダニカ（デンマークの花）をモチーフとする独特の青い絵柄のブルーフルーテッドなどの陶磁製品が生まれた。（90点以上の優秀な学生だった）

ロフォーテン諸島（Lofoten）1993　東海大学卒　A.K.

　私はいま少し早い夏休みをもらって、3回目の北欧旅行をしています。今回は北極圏ばかりを訪れるので、夜のない日がすでに5日間続いています。日本に帰ったら、しばらく、夜は怖くて外に出られないのではないかと心配です。今日はロフォーテン諸島の中心地であるスヴォルヴァール（Svolvær）に来ています。風光明媚でヨーロッパ人にとっては、あこがれだそうですが、日本ではなじみがないためか、日本人はわれわれ以外には見かけません。この旅行中、ヘルシンキで大事件がありました。

［Lofoten諸島はノルウェー有数の漁場で、Knut Hamsun, Johan Bojerはここの漁業にたずさわり、題材をとっている］

ロングフェロー博物館訪問 （Boston, 2009）留守宅へ

学生時代から愛読していた詩人Henry Wadsworth Longfellow（1807-1882）の博物館（Longfellow National Historic Site, 105 Brattle Street, Cambridge, Massachusetts）を訪れる機会が2009年9月にあった。A Psalm of Life（人生の賛歌）Tell me not in mournful numbers, "Life is but an empty dream!"（人生はむなしい夢にすぎない、などと悲しげに言うな）で有名な詩人である。フランス語、スペイン語、イタリア語、北欧語に通じ、1829-1834 Professor of French and Spanish at Bowdoin College（年収1,000 dollars）, 1834-1854 Professor of French and Spanish at Harvard College（1,500 dollars）であった。The Song of Hiawatha（1855）はインディアンの英雄ハイアワサの生涯を22 cantos, 5331行のtrochaic pentameterで歌った長詩で、Indian Eddaと呼ばれる。Evangeline（1847）には『哀詩エヴァンジェリン』斎藤悦子訳（岩波文庫, 1930, 1953[17]）がある。学芸員のNancy Jones, Jim Sheaが案内してくれた。写真はLongfellow National Historic Site

私と岩波文庫－忘れえぬ一冊（1997）

　119頁の小冊子である。串田孫一が序文「数知れない岩波文庫の想い出」を書いている。岩波文庫のうちの50冊を、50人の方々が感想を述べている。一般の読者が応募して、採り上げられたものらしい。上田敏全訳詩集、イワンの馬鹿、蘭学事始、など。ここには「アルプスの山の娘」（野上弥生子訳）を紹介する。筆者は兵庫県、72歳の女性である。私は16歳。急性関節ロイマチスのために高熱が続き、病床に呻吟していた。そのとき、上級生の方が岩波文庫の『アルプスの山の娘』を貸してくれた。1991年、私が65歳のときに、『アルプスの山の娘』（野上弥生子訳）が復刊して、半世紀ぶりに身近にあるようになった。

見出しアイウエオ索引

［本文の中で、学生の名前を T.S. のように略号で記しました］

著者プロフィール

下宮 忠雄（しもみや ただお）

1935年、東京生まれ。
早稲田大学、東京教育大学大学院、ボン大学、サラマンカ大学で英語学、ゲルマン語学、印欧言語学、グルジア語、バスク語を学ぶ。1977年、学習院大学教授。2005年、同名誉教授。2010年、文学博士。

専門：ゲルマン語学、比較言語学。

主著：Zur Typologie des Georgischen（グルジア語の類型論）；バスク語入門；ノルウェー語四週間；ドイツ・ゲルマン文献学小事典；言語学I（英語学文献解題第1巻）；ヨーロッパ諸語の類型論（Toward a typology of European languages, 博士論文, 2001）；グリム童話・伝説・神話・文法小辞典；Alliteration in the Poetic Edda（Peter Lang）；デンマーク語入門；エッダとサガの言語への案内；オランダ語入門；アンデルセン小辞典；グリム小辞典；私の読書（言語学メモ帳）。

翻訳：言語と先史時代（ハンス・クラーエ著）；按針と家康（将軍に仕えたあるイギリス人の生涯、クラウス・モンク・プロム著、デンマーク語より）；サンスクリット語文法（M.Mayrhofer著, Göschen文庫, Berlin 1953）。

目白だより　Letters from Mejiro

2021年9月15日　初版第1刷発行

著　者　下宮 忠雄
発行者　瓜谷 綱延
発行所　株式会社文芸社
　　　　〒160-0022　東京都新宿区新宿1-10-1
　　　　電話　03-5369-3060（代表）
　　　　　　　03-5369-2299（販売）
印刷所　株式会社フクイン

ISBN978-4-286-22683-5